朝日文庫時代小説アンソロジー

わかれ

細谷正充・編　朝井まかて
折口真喜子　木内 昇　北原亞以子
西條奈加　志川節子

朝日文庫

本書は文庫オリジナル・セレクションです。

目次

わかれ

ひってん

朝井まかて

朝井まかて（あさい・まかて）
一九五九年大阪府生まれ。二〇〇八年、小説現代長編新人賞奨励賞を受賞しデビュー。一三年『恋歌』で本屋が選ぶ時代小説大賞、一四年に同書で直木賞、『阿蘭陀西鶴』で織田作之助賞、一五年『すかたん』で大阪ほんま本大賞、一六年『眩』で中山義秀文学賞、一七年『福袋』で舟橋聖一文学賞、一八年『雲上雲下』で中央公論文芸賞、『悪玉伝』で司馬遼太郎賞、一九年に大阪文化賞、二〇年『グッドバイ』で親鸞賞、二一年に『類』で芸術選奨文部科学大臣賞、柴田錬三郎賞を受賞。著書に『白光』『ボタニカ』など。

上野の山は花盛り、桜の下に葭簀を立て回した水茶屋もたいそう賑やかだ。

「いらっしゃい、何人様」

「お客さん、ごめんなさい。そこ、ちょっと詰めてあげておくんなさいな」

茶汲み娘らは土瓶や盆を手にして、走り回っている。長い前垂れは茜や浅葱、菜種と色とりどりで、身を動かすたび揺れて春陽に映える。

卯吉は「蝶ちょみてぇだ」と見惚れながら、寅次の腕を肘で突いた。

「兄い、どの娘だよ」

「菜種色」

その姿を探したが、店先に立った新客の背に紛れてよくわからない。束の間、前垂れが翻ったような気がしたが、店の奥に小走りに駈け込んでゆく。

「あ、ああ、行っちまった」

が、傍らに坐る寅次はゆうゆうと煙草をくゆらせている。いつになく苦み走った目をして、脚も気取った組み方だ。

「まあ、急くなって。そのうち注文を取りにくるから、その時、とっくりと拝ませてやるよ。丸顔で、ちょいと垂れ目なとこも可愛いんだ。それに、鳩胸の柳腰」

二枚目気取りがもう崩れ、くっと助平な笑い声を立てた。

「名前は」

「知らねぇよ」

「三日も騒いでたくせに、まだ名前も知らねえの」

すると寅次は「ろくに女を知らねえ奴はこれだから困る」と、小馬鹿にしてかかる。

「最初に口をきく、そのきっかけが肝心なんだぜ。だからわざと今日まで、名を訊かなかったのよ。いざこの前に立ったらばいきなり、そう、ずばりと名前はって切り込む。すると向こうは照れる暇もねぇから素直に名を口にするわな。まあ、名がおなつだとしたら、随分と繁盛だな、おなっちゃん、看板娘も毎日、大変だろう、今日は何時までだい。ええ、今日は暮六ツまでなんです。じゃ、送っていこう、なに、怪しい者じゃねえ」

怪しい者に限ってそう言うよなと思ったが、寅次の口振りが自信満々なので、とりあえず相槌を打った。

「コツはあくまでもさりげなく、物欲しげな素振りを見せずに畳みかけることだ。あそんな、花も盛りの春じゃねえか、そこの川縁で待ってるぜと顎をしゃくる。まあ、これで十中八九は落ちる」

素人娘に縁のない卯吉はそういうものかと感心した。と、寅次の股座で四角い物が垂れている。

素直にうんとは言いにくいもんだ。そんな、待っててもらうなんて悪いわぁって一度は遠慮するから、そぞろ歩きしなよ、前垂れをはずしたら帰り道くれぇ羽を伸ばして、の娘も他の客や朋輩の手前があるからよ、

「兄い、祭でもねぇのにどうしたの、そんなまっさらな褌」

いつもは互いに、煮しめたような一本で通している。

「もしかして損料屋」

「おおよ、今朝、借りてきたのよ。あの親爺、さては吉原かいって訊くから、まあ、そんなとこだって答えてやった」

寅次は組んだ脚を左手で持ち上げ、純白の端を誇らしげに見せつける。

損料屋はいろんな品を貸し出している商いで、蒲団から鍋釜、そして褌まで揃えている。褌は買えば三百文もするのだ。そこで江戸の独り者は「いざ祭」「いざ吉原」という時にだけ損料屋で借りるのである。

卯吉も祭の時だけは真新しい褌を借りて、きりりと尻の穴まで締め上げる。吉原の

大門は寅次と連れ立って何度も潜ったが登楼ったことはなく、いつも素見だ。ふだん卯吉が世話になっているのは河岸の小見世の端女郎で、しかも相娼は熟練過ぎる大年増、「さっさと済ませてよ」とばかりに尻を叩かれ、で、「あっという間で助かったわあ」と有難がられる。

「憎いね、この。今日、口説いてもう懇ろになるつもりかよ」

寅次を小突くと、ふふんと汚い指で鼻の下をこすった。

「江戸っ子は気が短けぇのよ」

と、急に口をすぼめた。菜種色の前垂れをつけた当の娘がきびきびと客を捌きながら、こっちに向かってくる。卯吉らの前を通り過ぎ、隣の客らの前に立った。

「お待ちどおでした」

年寄ばかりの七人づれで、「この後は、舟に乗って浅草に行きまひょか」と江戸案内の地図を広げているので、江戸見物に訪れたお上りであるようだ。

「何にいたしましょう」

「ここは何が名物ですのや」

「甘味でしたら串団子、お酒を召されるなら鰊に蒟蒻、慈姑の煮しめが自慢です」

「花冷えやし、儂らは酒をもらおうか。婆さんらはどないする」

「あたしらはお茶で団子をいただきますわ」

「ほな、団子を三皿に、後はお酒と煮しめを頼みまひょ」

娘は胸に盆を抱えて注文を繰り返した後、数歩動き、卯吉を見下ろした。

「注文、何」

「え。えっと……兄い、何にするかって」

随分とつっけんどんな言いようで、急に気後れした。

口ごもりながら取り次ぐと、寅次はいきなり切り出した。

「名前は」

「上野茶屋ですけど」

「違うよ。あんたの名前、何だい」

娘は寅次の爪先から頭までを一瞥してから、きんと眉根を寄せた。

「無理」

その一言だ。取りつく島もなく踵を返された。

寅次は娘を見上げたその姿のまま止まっていて、目だけをぱちくりとさせている。

卯吉は咄嗟に腰を上げ、娘の後を追った。

「ちょっと待って。ほら、あの兄さん、寅次ってぇんだけど」

「迷惑」

けんもほろろだ。

と、娘が卯吉の肩越しに首を伸ばし、「いらっしゃいませぇ」と声を裏返した。懐手をした男が二人、年の頃は卯吉とおっつかっつの二十四、五だろうか。垢抜けた唐桟縞の着物で、ちゃらりと雪駄裏の鋲を鳴らす。

「二人だけど、待つかい」

「いいえ、あそこ、もう空きますから」

娘が指し示したのは、間抜け面で坐っている寅次だ。

「酒をもらおう。肴はまかせる」

「はい。煙草盆、すぐにお持ちしますね」

娘は顔じゅうに笑みを漲らせている。そして卯吉の顔に目を戻し、低い声で「邪魔」と言った。

満開の桜の下を、肩を並べて歩いた。

「ああいう水茶屋勤めの娘はな、男あしらいに慣れてんだ。ちょっと甘い顔を見せたら、どいつもこいつも言い寄ってくるからよお」

それも相手によりけりのようだ。娘は卯吉らの後に坐った唐桟縞に名を訊かれ、「せんですう」としおらしい声で答えていた。犬ころみたいに「しっ」と追っ払われたのは、こっちの二人だ。

「卯吉、いい暇潰しになったろ、面白かったろう」

寅次はからからと笑いながら、踊るように腰を左右に振る。前がはだけて、褌の白がちらついた。

「それ、いつ、返す約束」

「何を返すって」

「その褌だよ」

「ああ、これか。明日の朝」

「張り込んだね」

「褌は恋の身だしなみってな。いやあ、惜しかった。今度こそいけると踏んでたんだけどなあ」

寅次はしじゅう岡惚(おかぼ)れをして脈があると思い込み、打ち明けては振られる、その繰り返しなのだ。けれど挫(くじ)けない。すぐに立ち直る。

「じゃあ、損料が六十文、保証料が四十(しじゅう)文ってとこだね」

損料とは、品物の借り賃のことだ。損料屋の貸し出しの期間はほんの一刻から数年までであって、その長さに合わせて損料を払う。損料には洗濯の手間賃も含まれており、褌は使ったままを返せば良い。損料と一緒に預ける保証料は客が猫糞するのを防ぐためのものであるので、褌と引き換えに戻ってくる。

銭勘定にうとい寅次は「さあ」と黒目を斜め上に動かし、腹をさすった。

「なあ、腹、減ってねえか」

振られた途端、腹の虫が鳴き始めたようだ。

「じゃあ、それ、返しに行こう。預けてる銭が戻ってくりゃ、蕎麦くらいは喰えるよ」

寅次の銭を当て込んでの算段であるが、二人は「生業無し、金無し」でその日を暮らす軽い身の上だ。だからその時々、持っている方が出すことにしている。むろん、喰える日もあれば喰えない日もある。

武家や商家では毎日、朝昼晩と時を決めて飯を喰うらしい。そしてあの水茶屋の娘がくにゃりとなった男前の二人にもやはり決まった稼ぎがあって、毎日、きっちりと喰っているのだろう。湯屋にも朝晩通って垢も溜めていないに違いない。女にもてるのはたぶんああいう、江戸の水ですっきりと洗い上げたような連中なのだ。

卯吉と寅次は稼ぎどころか蒲団にも縁がなく、寒い季節には褞袍一枚にくるまって、暑くなれば蚊だけはかなわぬので褞袍を質に入れ、蚊帳を請け出す。それで事は足りる。むろん煮炊きなどしないので鍋釜も持っていない。腹が減れば適当に町をうろついて、荷車の後ろを押したり迷子を探したり、普請場の鉋屑を拾う。ほんの半日働くだけでも皆、幾ばくかの駄賃はくれるので、その銭を握って屋台の前に立ち、蕎麦や天麩羅を喰えるだけ喰う。

　銭がなければ喰わぬだけのこと、それでも死にはしない。毎日、こうして生きている。

「そういや、今朝、損料屋の前に鮨の屋台が出てたな」

「じゃ、鮨にしようよ、兄い」

　胡麻を混ぜた酢飯を思い浮かべるだけで、口の中に唾が湧いてくる。

「六十文、張り込んだ甲斐があったぜ」

　寅次ははしゃいで卯吉の肩に手を回したり、身を屈めてから「よッ」と躰を伸ばし、桜の枝に向かって飛び上がったりする。前がまたはだけ、白い布が揺れる。

「眩しいぞ、恋の損料ッ」

　からかってやると寅次は胸をそらせ、得意げに笑った。

鮨を喰い終えると、もう夕暮れだ。

両国橋を東に渡り、そのまま南に下れば深川に辿り着く。二人が住んでいるのは潮の匂いが強い蛤町の裏店で、貧乏長屋と呼ばれている。九尺二間の棟割で壁は斜めに傾ぎ、畳は腐っている。むろん店賃は溜められるだけ溜めているが、家主も匙を投げてか、滅多と顔を見せない。

両国橋の手前で寅次がふと、右を向いた。

「帰って寝るにはまだ早いよな。広小路で遊んでくか」

江戸の盛り場は、今日、痛い目に遭った上野の山下に浅草寺の奥山、そしてこの両国橋の東西が知られている。ことに西詰の広小路には芝居小屋や見世物、覗き絡繰りの小屋が居並んでいるが、卯吉らは木戸銭の要る小屋に入ったことはない。広場をぶらつけば、猿回しや軽業、軽口噺を楽しませる芸人がわんさといる。

「俺はいいけど、兄いはそのまんまで歩くのかい」

褌を返したので、寅次は玉をぶらぶらさせたままなのだ。

「なあに、温めるより冷やす方がいいんだ」

寅次は肩をそびやかし、わざとのように蟹股で歩き始めた。

花見客の流れか人出がいつもより多く、芸人らも熱を入れて演じている。人の山の中に二人で頭を突っ込み、「いよッ」と囃して回った。一文銭一枚投げないが、誰も咎めたりしない。

やがて無数の提灯に火が入り始めた。人々のざわめきと小太鼓、鼓の音が入り混じって響き続ける。

夢みてえだ。

卯吉は今時分の風景の中を歩くと、いつもそう思う。

夕陽と月、星、そして提灯と、すべてが出揃うのだ。胸が躍る。

広小路を出る頃にはもうすっかり暮れていた。いくつかの小橋を渡り、そろそろ塒も近いがまだ二人は笑っていた。

大川沿いの夜空には、星の光が増えている。

「粋だね」

「帰りだ」

肩を組み合って、また笑う。

「兄い、あの謎解きも可笑しかったな。……晦日の月と懸けて、真面目な息子と解きます」

卯吉が口真似をすると、寅次が真面目腐った声で言葉を継いだ。

「ついぞ、出たことがございや、せん」

と言いつつ肩が離れ、腕が大きく泳いだ。そのまま前につんのめる。何かに躓いたようだ。が、寅次は妙に身が軽いので、ととっと踏み止まった。

「大丈夫か、兄い」

駈け寄ろうとして気がついた。道に何かが落ちている。目を凝らせば、大きな風呂敷包みだ。

「で、出た」

「まだ三月だぜ、卯吉。幽霊にはちと早い」

「違うよ、見て」

寅次が屈み込んで、「ひゃ」とのけぞった。風呂敷包みの下から片手が伸びていた。


翌朝、長屋の連中が見物にやってきた。

「行き倒れだって」

棒手振りが首を伸ばし、人相見の婆さんが「まったく」と呆れ顔だ。

「もうちっと、ましな物を拾いなよ」

昨日の夜、大きな風呂敷包みの下で男が俯せに倒れていた。寅次が男を、包みは卯吉が背負って帰ったのだが、木戸を入ってとっつきの卯吉の家に担ぎ込んだ時は、二人とも肩で息をしていた。風呂敷で何を包んであるのか、背中に痛いほど硬い感じがあって、しかも歩くたび中の物が妙な動き方をした。

「ちょいと、通しとくれ」

鍋を運び込んできたのは、隣に住む羽子板職人の女房、おひでだ。

「芋粥作ってきたから、目を覚ましたら食べさせてやんな。まだ死んでないんだろ」

腰に手を当て、男を無遠慮に覗き込む。口は悪いが、おひでの家をはさんだ左右に卯吉と寅次は住んでいるので、たまに壁を叩いて飯に呼んでくれたりする。亭主の政助もやってきて、腕組みをしたまま前屈みになった。

「息はあるのか」

すると寅次が腹を掻きながら、大きなあくびをした。男を運び込み、そのまま雑魚寝をしたのだ。股座もまだ剝き出しだが、おひではびくともしない。

「あるだろ。明け方、ひでえ鼾だった」

寅次が面倒そうに答えると、政助が苦笑いをした。

「なら、坊主を呼ばなくて済む」

ややあって、男の瞼が動いた。

目を覚ました男は芋粥を三杯も喰ってから、「ご親切に」と頭を下げた。

開け放した腰高障子(こしだかしょうじ)の前には政助とおひで夫婦、それに棒手振りと婆さんもまだいて、こっちを見つつ立ち話をしている。暇なうえ物見高いので、行き倒れに興味津々(しんしん)なのだ。

一緒に粥を喰い終えた寅次は少々もったいをつけて「それはいいけどよ」と言いつつ、「で」と前のめりになった。

「あんた、何であんなとこで倒れてた。江戸者かい、それとも行商か。歳はいくつ、名は」

堰(せき)を切ったように訊いている。すると男は肩をすくめ、卯吉を見た。何となく先に名乗った方がいいような気がした。

するとと男は膝の上で己の手を揉むように重ねた。

「兄いは寅次、俺は卯吉ってんです」

「あたしは、今川町(いまがわちょう)で櫛(くし)職人をやってます。歳は二十五で」

「なら、俺たちと一緒だ」

寅次が小膝を打った。

「ご兄弟じゃないんで」

「ま、そんなもんだけど、赤の他人。ただの仲良し」

「さようですか。ええと、どこまでお話ししましたっけ。そう、何であんな道端で倒れたのかは自分でもよくわからないんです。歩いておりましたら目の前がふうと暗くなって。このところ、少々、根を詰めて仕事をしておりましたので」

卯吉は壁際に置いた包みに目をやった。すると男は察してか、「あれ、櫛です」と言った。

「あたしが作った櫛」

「なら、品物を納めに行く道すがらで倒れたのか」と訊いたのは、表にいたはずの政助だ。いつのまにか土間に入ってきていて、上がり框の上に尻を下ろしている。そういえば政助も時々、大きな包みを持って出掛けている。

「納めに行ったんですが、返されました」

「そいつは気の毒なこった。櫛であれほどの嵩となりゃあ、随分と作ったんだろう」

「百枚あります」

「注文主の気に入らなかったのかい」

男は溜息を吐き、「すみません」と言葉を濁した。

「詫びるこっちゃねえよ。政さんは別に、あんたを責めてるわけじゃねえんだから」

寅次が珍しくまともに取り成すと、政助は「そうだ」と親身な声を出す。

「注文主はどこだ」

「小間物屋さんです」

「もう一遍、引き取ってもらえまいか、掛け合ってみたらどうだい。百枚も注文するってことは、向こうもあんたに信を置いてるんだろう。それとも何かい、わけありの注文だったのかい。なら、黙って引き下がるってぇ法はねえよ」

「そうだ、そうだ」と、他の者らも土間に入ってくる。

「精魂込めて作った物だろうに、もったいないよ」

「いやいや。要らないって言ってる注文主に頭下げたって、下げ損じゃないかね。いっそ、他の店に持ってったら」

皆で節介を焼き始めた。すると男は口の中で何かを言い淀み、とうとう洟を啜り始めた。

「嘘なんです」

「嘘って」

卯吉は寅次と顔を見合わせた。

「あたし、死に損なったんです。もう何もかもうまく行かなくて、厭になって」

男は腕で目の下をおおった。


二人は広小路の隅に莚を広げ、半日もぼんやりと坐っている。

寅次は「つまんねえ置き土産」と膝を抱え、その上に顎をのせた。

五日前、死に損なった男が「礼に」と、櫛の山を置いて行ったのである。男が打ち明けて言うことには、一時は江戸でも名うての櫛職人だったそうだ。

「手前で言うのも何ですが、大した修業もしないうちに名が上がって、どのお店からも競うように注文がありました。皆、何年先でもいいから作って欲しいって吉原でもてなしてくれたりして。そりゃあ、最初は戸惑いましたけど、ああもちやほやされるとね、こんな無粋な意匠は作りたくねえ、材は極上のでないと気が乗らねえとか、利いたふうな御託を並べるようになったんです。それでも注文主は言い値で引き取ってくれるもんですから、あたしも一流気取りで稼ぎを悪所通いに注ぎ込みました」

やがて吉原に居続けるようになり、納めの約束を何度も反故にした。

「職人は毎日、手を動かしてこそでしてね。怠け癖がついたあたしの櫛は、たちまち品が落ちました。ひとたび見放されると早いもんでしたよ。潮が引くように、誰も注文をくれなくなりましてね。いつでも返せると思って借りた銭の遣り繰りに往生して、あたしもようやく目が覚めたんです。それでこの百枚を作って、昔から世話になってたお店を訪ね歩きました。何とか、もう一遍、仕事をさせてもらえまいかと、恥をしのんで頭を下げました」

「相手にされなかったか」

政助が鼻息を吐いた。男は肯いて、また洟を啜る。

「あの惨めさは、骨身に沁みました。でも己の馬鹿さ加減にいちばん嫌気が差しましてね。もうこの世からいなくなっちまいたいって思いました。それで、馴染みの妓を誘ったんです。あたしの名をここんとこに刺青するほど惚れてくれて、死ぬ時は一緒だなんて、しじゅう可愛いことを言ってくれてたもんですから」

男は己の太腿の内側を指でつんと突いた。すると寅次がごくりと、唾を呑み下した。

「そんなとこに」

「肌に彫ってたわけじゃないってことは、いざ心中しようって時に知りました。筆でちょいと書いてただけみたいで」

「で、一緒に死のうって言ったら、妓は何つったの」

「無理」

「ああ、その一言。今、流行ってんだね」

寅次は的外れな合の手を入れる。

「それでもう、大川に身投げしちまおうって決めたんです」

ところが川の前に立つと足がすくんで、どうにも動けなかったと男は言った。

「いざとなればもう怖くて怖くて、逃げるように川縁を去りました。どこをどう歩いたのかも憶えていないんです。世間でもよく言うじゃありませんか。死ぬ気になったら出直せるって。でもやっぱり一から始めるのは苦労だ、死んだ方が楽になれる。でも水の中でもがく己を想像したら、恐ろしい。気持ちが行きつ戻りつして。ざまァないです」

しばらく皆、黙り込んでいたが、政助が「ま、大丈夫だな」と腕組みを解いた。

「手前ぇでそんだけわかってんなら、こっちも説き伏せる手間が省けるってもんだ。ただよ、べつに出直さなくったっていいんだぜ。櫛職人に戻ろう、真っ当にやり直そうって思うから辛くなる。そう先を読まねえで、死ぬまでは生きてみたらどうだ。とりあえず」

寅次も「そうそう」と調子を合わせる。

「俺たち、毎日、とりあえずだぜ。苦労なんぞ、売ってでもしねえよ」

男は腑に落ちたような落ちぬような曖昧な顔つきで「とりあえず」と呟きながら、風呂敷包みを見やった。

「何の御礼もできませんが、それなりの店に並べたら三十文の値をつけても売れるはずの代物です」

「百枚で三十文ってことは」と寅次が天井に目を向けると、男は「いいえ」とその時ばかりはやけにしっかりとした声を出した。

「一枚が三十文、それが百枚です」

男が去った後、皆で包みを開いてみた。黒く光る塗りや木地そのままの物が混ざっていて、花や鳥、雲の彫りを施した品もある。

「へえ、黒漆に貝で細工が施してある。こんな立派な櫛、あたしゃ、生まれて初めて見たよ。こんなの三十文じゃきかないよ。百文、いや、もっとするかもしれない」

おひでは「これ、お宝の山かも」と目を瞠った。

「そんなに値打ちのある物なのか」と寅次は驚き、「じゃ、おひでさんはそれを取りなよ」と掌で差し出す手つきをした。

「冗談はやめとくれ、何であたしがもらうのさ」

おひでは恐ろしいことを言われたかのように、半身を後ろに反らす。

「粥を作ってくれたじゃねえか」

「そうだよ。皆も、好きなの選んで」と卯吉も勧め、連中は遠慮がちに一枚ずつを手にした。

「おひでさん、本当に一枚でいいのかい。まだ、こんなにあるよ」

「だって、頭は一つしかないよ」

ひってん長屋の住人らしいことを言って、皆を笑わせた。

そもそも、必要以上の家財や物を持とうという考えがないのだ。それは望んでも土台が無理なのだが、土地柄もある。風のきつい江戸はやたらと火事が多く、ひとたび火が出れば何もかも焼けてしまう。ゆえに裏長屋者は物を持たずに暮らし、葬式や嫁取りなどで人が集う際は皿や猪口(ちょこ)まで損料屋で借りてくる。それで間に合う。

風呂敷の上には、まだ九十数枚の櫛が残った。

「あの男、饅頭(まんじゆう)屋だったら良かったのに。櫛は喰えねえ」

寅次がぼやくと、おひでが「売ってきなよ」と言った。

「お銭(あし)にしたら、櫛も喰い物になる」

「売るって、誰が」

「あんたら二人に決まってるじゃないか」

それで、二人で広小路にまで出てきたのだ。莚を広げ、ざざっと櫛の山をぶちまけた。が、一枚も捌けない日が続いている。

「おひでさん、気軽だよなあ。今日も駄目だったのかいなんて見下げやがるが、俺たち、物売りなんぞしたことねえんだぜ」

「だよなあ。酒の一杯でも引っ掛けられたら御の字だと思ってたけど、俺たちにゃあ無理だよな」

「そう、無理」

たまに足を止めた者がいても、まず値を訊かれるのだ。あの男が口にした通り「三十文」と答えると、もうそれだけでそっぽを向かれる。どうやら高いらしいと察して半値にすると、女の二人連れなどは袖を引き合ってこそこそと相談し合う。

「それらしく作ってあるけど、この見栄えで十五文は安過ぎるわ。盗んだ物じゃないの」

盗品を扱うとしょっぴかれると耳にしたことがあったので、卯吉は慌てた。

「とんでもない、これは凄腕の職人が作った物なんだから」

「誰よ、その職人って」

そう訊かれると答えようがない。男はあれこれとよく喋ったが、結句、名乗らずじまいだったのだ。死に損なった後なのでつい言いそびれたのか、わざとだったのかはわからないが、こっちも話に耳を傾けるのに気を取られていた。

「あっちは楽しそうだなあ」

いつものように、猿回しや曲芸が人を集めている。その音だけを聞きながら、卯吉も膝を抱えた。

物売りなんぞ、つまらない。ただ客を待つだけの生業（なりわい）なんぞ、皆、よくもやってるもんだ。

筵の上で影が動いた。顔を上げると、二本差しの男が三人、櫛をためつすがめつしている。

「これは黄楊（つげ）か」

考えてもわかるわけじゃないので、「へい」と答えた。

「値は」

「二十文、ってとこです、かね」

どうせ売れないだろうと、ぞんざいに答える。

すると侍らは気難しげに、「んだ」とか「かがにも一枚、買わねば、また揉めはんでの」などと顔を寄せ合った。卯吉は口を半開きにして、ぼんやりと侍らを見上げる。

と、真ん中に立つ一人が三枚を手にし、蟀谷（こめかみ）を掻いた。

「これとこれ、そしてこれだが、まとめて五十文にならぬか」

「え」と声が洩（も）れた。

「不服か。では、五十五文」

「ほんとに買って下さるんで」

思わず、両膝立ちになっていた。

「なるか、五十五文に」

「有難うございやす」と言ったのは、寅次と同時だった。莚の上に坐ってからこっち、初めてこんな大きな声を出した。

「では、拙者は五枚もらおうか。いくらにする」

「さて、いくらでしょう」

寅次はたちまち半笑いになり、「おい、卯吉」とお鉢を回してきた。勘定ができないのは卯吉も同じなので、闇雲に答える。

「ひゃ、百文で」

「たわけ。それでは、三枚五十五文より割高ではないか。九十文にいたせ」

「いたしますとも」

するともう一人が四枚を手にしていた。悪い予感の通り、またややこしそうな勘定だ。言われるまま七十文にした。

「一枚ずつ包んでくれ。江戸土産（みやげ）にするでの」

「あいにく紙がねえんで」

「では、もう少し勉強せい。全部まとめて二百文でどうだ」

「へいっ」

侍らを見送った後、寅次としばらく見つめ合った。

「兄い、売れたよな」

「ああ、売れた」

手を取り合った。

「二百文だ」

「凄（すげ）ぇよな。鰻（うなぎ）が喰える」

二人で何度も飛び上がり、「やった」と叫び続けた。躰（からだ）がやけに熱くなって、何かが迸（ほとばし）りそうだ。

三日の後、また侍の客が来た。今度は七人ほどもいる。先だっての客と同じ訛（なま）りで

「んだ」と相談し合っているので、北の方から殿様のお供で来ている勤番かもしれない。国許の妻女や娘への土産にと吟味しているようで、また一々、値を訊いてきた。

「漆が一枚、黄楊が三枚だ」

「こっちは、漆が二枚ぞ」

まとめて三枚で五十文にしろ、二十文を十九文に負けろとこづき回されて、へとへとになった。銭の勘定がどうにも追いつかないのだ。卯吉はこの歳になって初めて、手習に真面目に通うんだったと悔いた。商家に奉公すると決めている子供は算盤も熱心に習うが、こちとら凧揚げに夢中だった。

「なあ、兄い、俺たち、損してるのか得してるのか」

侍を見送った後、卯吉が呟くと、寅次は「馬鹿だな、お前は」と笑った。

「得してるに決まってんだろ。元はただなんだぜ」

そして寅次は「さあさ」と、手を打ち鳴らす。

「櫛はどうです、お武家様も納得の上物揃い、漆に黄楊の櫛はどうです」

芸人の口上のように節をつけた言い回しだ。卯吉もさっそく真似て、声を張り上げてみた。黙って膝を抱えているよりはよほど気が紛れるし、何だか景気のいい気分になってくる。

「櫛は、どうですう」

あくる日も声を張り上げていると、派手な客が訪れた。卍模様の着物や房つきの陣羽織姿、猿を肩にのせた男に、耳飾りをつけて唐人めいた格好の女もいる。広小路の芸人らだ。

「いらっしゃい」

「なかなか、いい品じゃないか」

耳飾りの女は「ふうん」と唸りながら、莚の上を見回している。

「最初は箸の山みたいだったのに、よく売れたね。半分ほどは捌けたんじゃないの」

肩に猿をのせた男も、「まったくなあ」と笑う。

「物貰いみてえにただ坐ってるから、一日ももたないだろうと踏んでたがな」

「あんたら、見てなすったんですか」

「毎日、ここで芸を売ってるんだぜ。広小路の中のことは何でも知ってる。あんたらが勘定もできない素人だってこともな。ところが、今じゃ呼び込みまでしてるじゃねえか。じゃ、ちっと覗いてみるかってな」

その傍らで女が小腰を屈め、すいと腕を伸ばした。迷いもせずに摘まみ上げたのは、貝細工を施した朱漆だ。

漆の櫛は侍らがまず手に取って購うので、これが最後の一枚だ。

「それ、いい品みたいです」

「うん、わかる。あたし、こういう細工物、好きだから」

立ち上がった女は目を細め、櫛を陽にかざした。指先の爪が赤く塗られている。

「もうそれで最後なんで、黄楊一枚をつけて三十文にしときます」

どうせまた「いくらにする」と訊かれるので、卯吉は先回りをした。

と、女が急に白けた顔をして、こっちに眼差しを落とす。

それまで黙っていた寅次が、気負い込むように言った。

「俺たち、妙に儲けようなんて思ってやせんぜ。こんな櫛ばっか長屋に置いとけねえし、捨てるわけにもいかねえんで、ここで店を広げてるだけだから」

すると女は立ち上がって、卯吉に櫛を「はい」と差し出した。

「やめとく」

くるりと身を返し、素っ気ない背中になった。皆で引き上げていく。

寅次は「何でい、広小路の主気取りかよ」と舌を打ち、けれどすぐに眉間を広げて気を取り直す。

「また面倒な勘定をせずに済んだってことよ。なあ、今日はもう仕舞って、何か喰いに行こうぜ」

「うん」と答えながら、卯吉はどうしても腰を上げる気になれない。

「兄い、先に帰っておくんな」

「何でだよ。また鰻にしようぜ。今日もそのくらいは売れたろ」

「だから、これ持って、好きな物、喰いに行って」

銭の洗い浚いを両手で掬い、寅次に渡す。

「お前、どうすんの」

「もう少しここにいる」

「櫛は」

「俺が持って帰るから」

寅次はまだ「鰻だぜ」と言いながら胡坐の膝を立て、腰を上げた。

「ほんとに一人でいいんだな。ほんとに行っちまうぞ」

「いいから」

思わず声が尖った。束の間、寅次が真顔になった。

「あ。ごめんよ」

言い訳のように詫びていた。が、寅次は機嫌を損ねた様子も見せず、「んじゃ」と下駄に足を入れる。いつものように呑気な音を立て、やがて人波の向こうに去った。

何でなんだろうと、卯吉はもう一度、櫛を見渡した。あの耳飾りの女は何で「やめとく」と言ったのか、それが気になった。

あんなに気に入った風だったのに、何でその気は途中で失せたんだろう。

やがて提灯に灯がともり、卯吉の身は広小路の隅の闇に沈んだ。

月のない夜空を睨みながら考え続けたけれど、答えは何も舞い下りてこなかった。

胸が騒いでしかたがなかった。


あともう少しで梅雨に入る季節になって、卯吉と寅次はひってん長屋の連中を鰻屋に招いた。

「あんたたち、よく頑張ったよねえ。大したもんだ」

おひでが褒めたので、卯吉は寅次のやり口を笑いながら披露した。

「どれでも二十文にして売っちまったんだ。勘定が面倒で、というか、もうできなくて」

昨日のことである。丸一日坐っていても一枚も売れない日が、十日も続いていた。

客は遠くから品に目をやりはするが、すぐに立ち去ってしまうのだ。理由はまるでわまっていたのは、上物はすでに売れてしまからなかった。ただ、莚の上がちと寂しいような気はした。上物はすでに売れてしまい、残っているのは黄楊ばかりが五十枚ほどだ。莚と黄楊の色が似ているので人の目を惹かないのかもしれないと思ったが、何をどうしたらいいのか、これまたわからない。

よくよく見れば一枚ごとに細工が異なり、それぞれに違う値付けも必要なはずだった。それはもう、何となく察しがつく。けれど卯吉と寅次はその目利きができず、勘定も追いつかない。とくに寅次は面倒がって、「これ、いくら」と訊かれたら即座に「二十文」と答えるようになっていた。

「まとめていくらとか、面倒臭ぇよ。どれでも二十文こっきりにしようぜ」

損得にこだわっているのではなく、逐一の勘定が面倒で自棄を起こしたのだ。卯吉はそれもそうだと思い、気を入れて声を張った。

「黄楊の櫛がどれでも二十文、二十文こっきりだよお、早い者勝ちだよお」

すると客足が戻ってきた。ばかりか、これまでより長く留まるようになったのだ。他人より先にいい物を手に入れようと莚の上に膝をつき、女客などはきゃあきゃあ言いながら品を選る。その様子がまた客を呼び、人の山ができた。

そのさまを見ているのは随分と面白かった。うまく選んで買っていくのは女客か、男客でも目の利く武家だ。田舎からのお上りは数を揃えるのが大事とばかりに、品定めもせずに買い込む。

その話をしてやると、皆、感心顔になった。

「あんたたち、ひょっとして物売りの才があるんじゃないかえ」

すると寅次は「こりごりだ」と、はだけた胸を掻いた。

「もう、二度と頑張らねぇからな。これでやっと、その日暮らしに戻れらあ。な、卯吉」

卯吉は「うん」と言い、「兄ぃのおかげだ」と呟きながら手の中に目を落とした。

なぜかしら、残った櫛が気になってしかたがないのだ。あの男が倒れた時に石にでも当たったのか、それとも元から不出来な品だったのか、歯の欠けた櫛が七枚、売れ残っている。

「これ、どうにかできねぇかなあ」

「まだそんなこと言ってんのか。あきらめろ」

寅次は悪あがきだと言わぬばかりに、手の甲をひらひらさせる。人相見の婆さんも煙管を遣いながら、卯吉に意見した。

「欠け櫛は縁起が悪いからね、そんな物を七枚こっきり並べたって埒が明かないよ。

損料屋か質屋に持ち込んで、売っちまいな」

「それがいいや。でもって、また、ぶらぶらしようぜ、卯吉。大川沿いで昼寝して夕涼みして、そしたらそのうち祭になる。褌、借りねぇとな」

祭の話となれば、たちまち場が盛り上がる。

でも卯吉はすんなりと引き下がる気になれない。櫛売りをやめたらまた遊んで過ごせる、そんな日が寅次ほどには待ち遠しくないのだ。

初めて売れた日は兄いもあんなに喜んでたのに、物足りなくねぇんだろうか。

政助と盛んに喋る寅次をぼんやりと見て、また政助に目を戻した。二人ともひってん極まりないけれど、政助の顔つきは寅次とはやはりどこか違う。そうか、猿回しや耳飾りの女にも感じた匂いだと思った。手に職のある者の匂いがする。

「政さん、羽子板以外にも作れるのかい。子供の玩具（てあそび）とか」

政助は一瞬、奇妙な顔をした。

「いや、ごめんよ。聞き流して」

慌てて詫びたが、政助は猪口を干してから「作れるぜ」と言った。

「独楽（こま）なんぞ、こんな小（ち）っちぇ時分から作ってたもんよ。俺の親爺、指物師（さしものし）だったからよ」

夏も盛りを迎え、朝顔売りや金魚売りが広小路の中まで行き交うようになった。

「エー、冷やうい冷やうイーィ、ところテン」

売り声につられて卯吉は顔を上げ、ところてん売りの姿を目で追った。担ぐ箱は格子になっていて、中が透けて見える。箱の周囲は青い杉葉で飾ってあり、目にも涼やかだ。なるほどなあと思いつつ、また手を叩いて口上を述べる。

「さあ、どれでも十九文だよ。団扇に独楽、矢立に煙草入れ、蚊遣りに手拭いも十九文っ」

「手拭いも十九文かい」

「さいです」

「安いな。倍はするのが尋常だろう」

「はい。うちは何でも十九文均一の、十九文屋なんで」

「十九文屋かあ。二十文よりちと遠慮してるのが気に入った」

勘定のことを考えると「どれでも二十文」の方が楽だったが、客の言った通り、一文安い方が客は儲け物だと感じてくれるような気がした。この目論見が当たって、扱う品も初めは売れ残りの欠け櫛に政助が作った独楽だけだったが、今では扇に合羽、弁当箱に焙烙、小算盤まで揃えている。長屋の棒手振りに頼んで、物売り仲間から売れ残りを安く分けてもらうようにしたのだ。

江戸の物売りはそもそも卯吉や寅次とよく似た身の上で、適当に稼いだらまたのらくらと遊び、手許に詰まれば「そろそろ秋だ、虫籠売りでもするか」と神輿を上げる。なので、「残った品をまとめて引き取りたい」と申し出ると、皆、たいそう喜んだ。日銭が有難いのは、卯吉もよく知っている。

その日の売り上げをそうやって明日の仕入れに注ぎ込むので、自身は呑まず食わずの暮らしに逆戻りだが、このところは扱う品目をなお増やしている。糠袋や煙草の刻みなどは元が安いので、いくつかを袋詰めにして並べた。

銭勘定も少し楽になった。一文銭を二十枚、糸でひと綴りにしている客などは、それを一本丸ごと投げて寄越す。釣りは必ず一文だ。あれこれと買う客も多いが、手の中に一文ずつ用意して「団扇に一文、湯呑に一文、蠅帳に一文」と渡せば間違わない。

それに、中には釣り銭を受け取らぬ客もいる。女づれの、ことに火消の兄さんらは釣りなんぞ野暮だとばかりに顎をしゃくる。

「取っときな」

卯吉は「有難うございやす」と、素直にもらっておくことにしている。

夕暮れになって、卯吉は品物を包み、莚を巻く。

「もう仕舞いかい」

背後から声を掛けられたが、声の主は誰だかすぐにわかる。今日も耳飾りをつけ、すらりと唐人風の衣裳をつけた軽業師、玲玲だ。

「うん、これから仕入れなんだ。浅草に寄ってく」

今日、売れた分、品が減っている。しかし莚の上は常に一杯でないと、客は買う気を起こさないものだ。もういろんな物売りと知り合いになっているので卯吉はどこにでも出掛け、背負えるだけ仕入れて帰る。

「精が出るね」

「玄斎さんは」

玄斎は猿回しの親方で、玲玲と同様、親しく口をきく仲だ。

「お花ちゃんがお産なんだよ」

猿のお花のお産についてひとしきり話した後、玲玲が「皆、喜んでるよ」と言った。

「十九文屋で買物して帰れるようになって、助かるって」

芝居茶屋に通いで奉公している女衆らも、今では大事な贔屓客だ。

「玲玲さんが、あの人らに触れてくれたんだろ」

「十九文屋で買物するのは楽しいよって、言っただけ」

莚を巻き終えて、一緒に広小路を歩いた。ふと、思い出したことがある。

「そういや、ずっと教えてもらいたいと思ってたことがあるんだ」

「何」

「櫛。初めて様子を見にきてくれた時、朱漆の櫛を迷いもせずに選んで。けど急にやめたって、俺に突っ返したことあっただろう。あれ、何でだったの」

すると玲玲は「そんなこと、あったねえ」と小さく笑った。

「黄楊一枚をつけて三十文って値つけ、やっぱり高すぎたのかな」

「あのさ、卯吉(うき)っちゃん」

玲玲は少し声を低めた。

「値段だけにこだわる人間ばかりじゃないんだよ。いや、もちろんあたしだって安く買える方がいいに決まってるさ。けど、それだけでもないんだよね。好きな物に出会った時って、これいくらなんだろうじゃなくて、塗りが丁寧だなとか、この貝細工の花の散らしようが粋だなとか、そういう気持ちも楽しんでる。なのにあの時、まとめていくらとかって先回りをしただろう。何だか安物を押しつけられたような気になって、冷めちゃったんだよ」

「冷めた」

「うまく言えないけど、人の気持ちだからさ、熱くもなれば冷めもするさ。それに、儲けようと思ってない、仕方なくやってる物売りから買った櫛なんて、つまらない」

ずしんとこたえて、足取りが重くなった。

「難しいよ、俺には」

「商いも芸だよ。そりゃあ、難しいよ。そういえばあの相方、どうしてんの。近頃、見ないね」

卯吉は口ごもりそうになって、笑い濁した。

「ここんとこ、暑いから」

毎朝、寅次の家を覗いて声は掛けるのだ。今日も大の字になって寝ていた。

「兄い、行ってくるよ。気が向いたらきておくれよ」

寝起きの悪い寅次は一度では目を覚まさない。そのまま行きかけると、やっと頭だけを持ち上げる。

「今、いい夢見てたのによお。いっち、いい女だったんだぜ。丸顔の柳腰」

「ごめん、ごめん」と詫びて、ふと思いついた。

「後で、団扇屋が品物を届けにくる手筈になってるんだ。おひでさんに頼もうと思ってたんだが、兄い、受け取っといてくれるかい」

「まかせとけ」

卯吉は逃げるように、長屋の木戸の外に出る。今日も一緒に過ごせないのかと落胆しつつ、でもどこかでほっとしてもいた。

何がどう売れようが、寅次はまるで頓着しないのだ。毎日、決まった刻限に出掛けるのを嫌がり、むろん商いの思案にも首を突っ込みたがらない。今日は暑い、蚊に喰われるといろんな理由をつけて、すぐに話を変えてしまう。

「それに、祭だし」と玲玲に言うと、「ああ」と白い糸切り歯を見せた。

「江戸者は祭に命懸けだからねえ」

寅次は祭に誘いたい娘を二人も見つけたようで、「唾つけとこうぜ」と張り切っていた。今度は卯吉が気のない返事をする番だった。

「玲玲さんは行かないの」

すると玲玲は「卯吉っちゃんは」と問い返してきた。

「俺はいいんだ。ここは一年じゅう祭だから」

広小路の賑わいを見回した。

「あたしも同じ」

「そうなんだ」
「玄斎もそう言ってたことがあるよ。芸人は祭の中で生きてるんだって。それが、お客の気持ちを沸き立たせるんだって」

玲玲と別れ、卯吉は仕入れに向かった。躰の中に、また何かがともったような気がしていた。

毎日、卯吉もどうしたら客が楽しみ、喜ぶかを考えて、手を替え品を替えしている。茶葉を仕入れたら黴が生えたり、虫籠に穴が空いていてえらく叱られたこともあったけれど、思う壺にはまった時の熱さときたら堪らない。胸が騒いで嬉しさが駆け巡って、総身を振り絞るほどなのだ。

商いも毎日が祭なんだけどなあ。兄いは何でそれがわかんないかなあ。

寅次のことを考えると気が滅入る。

仕入れを終えると、とっぷりと日が暮れていた。重い荷を担ぎ、卯吉は急ぎ足になった。夜空に時折、稲光が走っている。ごろごろと重い音も響いて、ふだんは川沿いで涼んでいる連中もまるで姿がない。

卯吉はなお足を速めた。せっかく仕入れた品を濡らしたら、明日、莚を広げられない。浅草ですでに雲行きが怪しかったので油紙を買い、それですべてをおおってから風呂敷で包んではいる。けれどいかに用心しても、ともかく長屋に帰り着かねば気が気でなかった。やっと佐賀町(さがちょう)の辺りだと思った時、額(ひたい)にぽつりと冷たいものが落ちた。

空を仰ぐのも束の間、たちまち降ってきた。走りに走る。長屋の木戸口に駆け入った時には、もうずぶ濡れだった。

戸口の油障子を引くと、寅次が上がり込んでいた。それは珍しくもないので、「きてたの」と言う。

「俺が雷嫌いなの、知ってんだろ」

半身をすくませ、「お前、飯、喰ったか」と訊いた。

「ううん、まだ。浅草で餅(もち)と稲荷(いなり)寿司買ってきた」

「お、有難(ありがて)ぇな。何だかそういう気がしたのよ」

寅次は卯吉の手から竹包みを奪うようにして、口に入れた。卯吉は背中から風呂敷包みを畳の上に下ろし、片膝をついて結び目をほどいてみる。何かに拝みたいような気持で油紙をめくり、手で触れてみた。どれも無事であることがわかって、ふうと尻から坐り込んだ。

雨に濡れたせいで、やけに尻の下が冷たいような気がした。

「早く脱げよ、風邪ひくぞ」

「うん」と答えながら、畳の上に掌を置いた。はっとして、腕を伸ばして辺りを確かめる。見上げると、屋根から滴がしたたっている。

「雨漏りじゃないか」

「またかよ」

「兄い、今朝、受け取った品物、どこに置いてくれた」

「そこの隅にあんだろ。枕屏風の向こう」

卯吉は四つん這いで進み、枕屏風に飛びついて放り投げた。団扇の山が確かに積んであるが、信じられぬ思いがした。

「剝き出しで置いたのか」

「団扇屋の小僧、風呂敷は持って帰っちまったから」

「兄い、ここ、雨がいちばん漏ってただろう。そのくらい気がつかないのか。これ、もう売り物にならないよ、こんなんじゃ」

手に取れば、思ったよりもひどいことになっていた。どれもこれも湿って、色が変わっている。竹骨から紙が浮いているものもある。

「何で気をつけてくれなかったんだ。そんなこともわかんないのか、兄いは」

すると寅次は口に稲荷をくわえたまま、「そんなことって」と鸚鵡返しにする。

「また、仕入れたらいいじゃねえか」

「そういうことじゃないんだよお」

卯吉は畳の上に拳を振り下ろした。腹を立てていた。もう泣きわめきたいほどに。

「ちっとは、ものを考えろよ。こうしたらどうなるか、明日のために今日は何をしとくか、考えて生きろよお」

と、壁がどんどんと鳴った。

「卯吉、もうそのへんで止めとけ」

「そうだよ、そんなに大事な物なら寅次なんぞに預けちゃいけないだろう。まったく、何年つきあってんだい」

政助とおひでが壁越しに仲裁する。寅次はととんと壁を叩き返した。

「いいってことよ。俺、気にしてねぇよ」

まだ口の中に飯粒が残っているような声だ。

「卯吉、喰えよ。結構、いけるぜ」

指をねぶりながら、寅次は傍に寄ってきた。団扇の山から一本を摑み、あっけらかんと言った。

「明日、晴れたら乾かしてみようぜ」

帳面に目を通し終えて、手代を呼んだ。

「ここと、ここ、それからこっちも勘定が間違ってますよ」

「相済みません。これからはあたしが算盤を入れ直します」

「当たり前ですよ。それがお前の務めでしょう」

暗に他人のせいにしたのをぴしりと叱りつけ、今度は番頭を呼んだ。

「材木町の表店はどうなってるんです」

「家主と今、店賃の話に入っております。ただ、なかなかの業突くでして、飛ぶ鳥も落とす勢いの両国屋さんじゃありませんか、もう少し色をつけておくんなさいと申します」

卯兵衛は「とんでもない」と、しかめ面を作った。

「十九文屋の商いは、日々の掛かりをともかく抑えることが肝心なんです。あんまりな値を言うなら構いません、別の貸店をお探しなさい」

何でも十九文均一で知られる両国屋は、膝元である両国、日本橋、浅草に三十軒の店を持っている。いずれも間口の狭い借店で、手代と小僧の二人しか置いていない小商いだが、損料屋や質屋にも太刀打ちできている。人の往来の多い繁華な地で客が気軽に立ち寄れ、何でも安く買えるからだ。

今では両国屋を真似た商いをする者もあるが、うちの品揃えはどこにも引けを取らないと卯兵衛は思っている。暮らしに必要な品、客から望まれた品を仕入れられるなら今も自ら足を延ばし、吟味するのだ。懇意の職人も数十人はいるので、場合によっては両国屋特製を作ってしまう。丼から鏡、そしておなごの紅もなかなか評判がいい。

「じつは旦那様」と、番頭が帳場格子に手を掛けた。

「蛤町に安い出物がありまして。ただ、そこは貸すんじゃなくて、地面ごと買ってくれないかと言ってなさるんですが」

「蛤町。辺鄙じゃありませんか、あの辺りは」

「いいえ、それは長屋者の多い土地にございますが」

「人だけ多く住んでいたって、十九文屋のお客はいませんよ。その日暮らしのひってんばかりですよ、あの辺は」

安さに惹かれてあれもこれもと買い揃えてくれるから、商いが成り立つのだ。

「ですから、前から旦那様がおっしゃってる喰い物屋を蛤町で始めてみるというのは如何でしょう」

十九文屋で曲がりなりにも商人と呼ばれる身の上になった卯兵衛にとって、喰い物商いに打って出ることが念願だった。屋台の蕎麦が十六文なのでそれよりは値が張ってしまうが、田楽の盛り合わせに鮨や天麩羅まで、すべて十九文均一で揃えたいと思案を練り続けている。

「地面ごと買ったら、何年で元を取れるんです」

番頭はそれには答えられなかった。卯兵衛は苛立って、つい早口になる。

「そのくらい、勘定してから口に出しなさいよ。あたしが忙しいの、お前もわかってるでしょう」

女房にはいつも早口を戒められているので今日も最初は悠揚と構えていたのだが、結局、せかせかとした物言いになる。また「忙しい」を出してしまったなと思いながら、卯兵衛は小僧をつれて外に出た。女房はこの口癖をよく聞き咎めて、「いい加減になさいましよ」と案じる。

「そうは言ったって、うちみたいに売り上げの小さな商いは主が働いてやっとなんだよ。店の見回りから仕入れまで、番頭らにはまだまだまかせられない」

「それだけじゃないでしょう。義太夫や三味線、先月は川柳もお始めになって。そのお稽古も頑張り過ぎじゃありませんか。川柳なんて、頑張って作れるものなんですか」

「当たり前だよ。何でも精進して、それで初めて面白さもわかるんだ」

遊びに深入りするつもりはないし、通人を目指しても半可通になるのが関の山と己がよくわかっている。だいいち、義太夫も三味線もまるで上手くならないし、川柳を捻ろうと思うだけで苦痛だ。ちっとも面白くない。ただ、商い仲間とのつきあいも欠かせぬのだ。そんなこんなで、毎日、身がいくつあっても足りない。

本当は、広小路で落とし噺を聞いたり大道芸を見物したいのだが、もう五年も足を向けていない。最初の店を開く時は玄斎や玲玲が祝いに駆けつけてくれたが、いつのまにか縁が切れてしまった。そのうち顔を見せようと思ううち、月日は飛ぶように過ぎていく。

昼八ツまでにすべての店を回り終えると、供の小僧が息を切らしていた。

「だらしがないねえ」

両国橋の袂で足踏みをして、叱りつける。ふと、川向こうの岸が桜色になびいているのが目に入った。

はて、最後に花の下を歩いたのはいつだったろうと、卯兵衛は目を瞬かせる。若者が二人、歩く姿がよみがえった。肩を組んでふざけ合い、飛び上がったり躓いたりしている。何でも可笑しくて、腹を抱えながら歩く。

「用を思い出した。お前は先に帰ってなさい」

小僧にそう言いつけると、ほっとしたような顔色を露わにした。

卯兵衛は橋を渡り、川縁を南に下る。小橋をいくつも渡り、やがて潮の匂いが濃い町に入った。

掘割沿いには年じゅう出したままの涼み台が並んでいて、男らがのんびりと煙管を遣いながら将棋を指している。女房らしき女が洗濯物を家の中に放り込み、男に大声で言った。

「お前さん、坊を湯屋につれてっとくれ」

「ああ」

男は将棋盤から目を離しもせず、生返事をする。

「帰りに何か買ってきて。今夜は何にも作ってないよ」

「ああ」

「銭、昨日のが残ってるだろ」

「ねえよ、そんなもの」

「まったくもう、じゃあ、今夜は喰わないんだね。坊の飯はどうすんのさ」

「誰かに頼め。一軒くれえは、何か分けてくれるだろう」

すると女房は「それもそうだ」と、気楽なものだ。

卯兵衛はひってん長屋のあった辺りにまで足を踏み入れたがもう建て替えられていて、住人の顔ぶれはまるで異なっていた。

何もかも夢のように消えていた。

――明日、晴れたら乾かしてみようぜ。

あの翌朝、寅次の言う通りにしていたら、あたしは今頃、何をしているんだろう。

十年も経って、初めてそんなことを考えた。あのまま卯兵衛はひってん長屋を飛び出したのだ。寅次とは二度と会っていない。むろん長屋の誰とも。

道をゆっくりと引き返すと、涼み台の連中が互いの肩や背中を叩きながら大声で笑っていた。

寅次は今もこの男らのように余計な欲を持たず、夢を追わず、気の向くまま、その日を暮らしているのだろう。

雲雀が舞い上がり、苗売りの声が聞こえる。

卯兵衛は歩く。気がつけばもういつもの足取りに戻っていて、我ながら滑稽なほど忙しない。頑張っても頑張ってもきりがなくて、いつも何かが気がかりで、この十年、一日とて気の休まる日はなかった。

けど、兄い。俺はこうして生きていくことにしたんだ。とことん野暮に頑張りてえ。

俺にはこれが面白いんだ。祭みてえに。

ここ蛤町で店を開こうと、卯兵衛は思った。

ひってんが滅多と手を出せない鰻も、十九文で揃えてみよう。満腹になるほどの量は用意できないが、切り身を田楽のように串に刺したら酒の肴になる。きっと子供も食べやすい。

さあ、旨い十九文屋の始まりだ。

「今日はやけに夕陽がでっけえな」

声がして振り向くと、涼み台にはもう誰の姿もなかった。

三途の川

折口真喜子

折口真喜子（おりぐち・まきこ）
鹿児島県生まれ。二〇〇九年に「梅と鶯」で小説宝石新人賞を受賞しデビュー。著書に『踊る猫』『恋する狐』『おっかなの晩』『月虹の夜市』。

梅雨も明けたある夏の昼下がり、最近若狭屋を本格的に手伝い始めたお涼は、盆の準備のため買い物へ出かけた小春の代わりに一人文机に向かっていた。そこへ船宿に入って三年ほどの銀次が、笠を取って陽に焼けた顔を手ぬぐいで拭いながら入って来た。

「おや、お涼ちゃんが店番かい？　親方は？」

この銀次は幼少のころから質屋で奉公をしていたにもかかわらず、暖簾分けを前にして仕事を変え、船頭になった変わり者だ。初めのころはいかにも力仕事をしたことのなさそうな色白の線の細い男で、甚八からいつもからかわれていた。最近では武芸なども習っているらしく、だいぶ頑丈そうになってきた。

「奥で寝ているよ。大方暑い時分は銀さんに仕事押し付けて、涼しくなってからやる気さ」

相変わらず手厳しい言葉に銀次は苦笑いをしながら、

「そ、そうかい？　まあ、私は早く親方みたいになりたいからいいんだがね。じゃあ、今仙吉さんが来てるんだが、急いでいるみたいだから私が代わりに出るよ」

と、また笠を被った。

「お願いします」

お涼は頭を下げた。銀次が陽炎の立ちのぼる中を笑いながら手を上げて出て行くのを見送ると、お涼はまた帳面へ向かった。

帳面の整理を終わらせて、ふう、とため息を一つ吐き出してから顔を上げる。ふと戸口を見ると、六つ、七つくらいの男の子が仁王立ちに立っていた。身なりも良く、格好からすると侍の子だろうと思われる。並々ならぬ決心が表れたその顔や体を見ていると、思わず笑みが込み上げてくる。微笑みながら、筆を持った手で机に頬杖をつき、お涼は声を掛けた。

「坊ちゃん、何か御用かい？」

男の子はお涼の言葉を聞いて、ぱっとうれしそうに目を見開き、通る声で訴えた。

「私を彼岸へ渡して下さい！　六文銭も持っております！」

お涼は、支えていた手のひらから、顎をずるっと落とすと、

「戸口で人聞きの悪いことを大声で……。ちょいとほら、中へお入り」

と、慌てて立ち上がり、その子を中へと招き入れた。

男の子を上がり框（がまち）から上がらせていると、声を聞きつけた甚八が寝起きの顔で片手を懐手にし、もう片方で頭を掻きながら現れた。

「おう、坊主か？　彼岸へ行きたいってのは。なんだって彼岸へ行きたい？」

多少脅かして帰らせるつもりだったのか、凄むような態度で言った。

「坊主ではありません。私は竹丸（たけまる）です。竹丸とお呼び下さい」

竹丸は文机のすぐ横へきちんと座り、少しも臆することなく甚八を見上げて言った。

甚八は顎でお涼を立ち上がらせると耳打ちした。

「……おい、お涼。てめぇまた面倒くさそうなモン引っ張り込みやがって……」

「あたしのせいじゃないよ。勝手に寄って来るんだ。仕方ないじゃないか」

二人がこそこそと話していると、竹丸は構わず話しだした。

「私には彼岸へ向かっている兄がいるのです。先日、私に何も言わず彼岸へ向かわれてしまい、私も皆もとても寂しがっているのです。ですから、初七日（しょなぬか）を迎える前、三途の川を渡る前に兄にどうか戻って来てもらえるよう頼むつもりでおります。どうあっても彼岸に誰か行かねばならぬと言うならば、代わりに私が行くつもりです」

竹丸の言葉に、二人は黙って竹丸を見つめた。

「竹丸……、お前使っている言葉は立派なんだがな……」

その父親を遮るようにお涼は言った。

「竹丸は兄上様が好きなんだねぇ」

竹丸はにっこり笑って答えた。

「はい。私の自慢の兄上なのです。皆にも年の離れた私にも、とても優しくて、賢く、武芸も達者で、色も白く、見目麗しいのですよ」

お涼はその笑顔から目をそらし、

「おとっつぁん、頼んだよ。あたしゃ、あの笑顔はだめだ」

とそそくさと奥へ退散した。

「おい、てめ……全く。わしがいるとすぐ押し付けやがる……。あのクソ真面目な銀次サンはいねえのか。それで？ なんでここへ来た？」

甚八が尋ねると、竹丸は、きちんと答えた。

「はい。家の下働きをしている者達が噂しているのを聞きました。この世とは違うあちらの世の中、いわば彼岸へと導いてくれるのが船宿だと。その船宿は良いところを選べば、彼の地でのことをきちんと準備させてくれると言っておりました。その良い船宿というのが、こちらの若狭屋だと」

竹丸の言葉に甚八はしゃがみ込んで頭を抱えた。

「……竹丸……そりゃ、遊郭のことだよ……。お侍様の着物じゃ女に好かれねぇから色々準備していくのをお屋敷で格調高く話していただけ……ってわかったよ、しょうがねぇな、もう！　ちょっと来な！」

と、言って勢いよく立ち上がった。

「はい！」

竹丸も元気よく返事をして立ち上がり、一緒に出て行った。甚八は竹丸を舟に乗せ、いったん店へ戻りお涼に声を掛けた。

「その辺をぐるりとしてくる。……そうだな、回向院(えこういん)の方に行って、三途の川渡しをやるか」

甚八がぶつぶつ考えながら舟へ向かっていると、お涼も心配そうに船着き場へと出て来た。

「ねえ。でもあの子、兄さんが死んだってことがわかっていないのかね？」

舟の一番前で、うれしそうに座っている竹丸を見て顔を曇らせた。

「いや、兄さんは死んだ、彼岸へ行ったって聞かされてはいるんだろう。死んだ、ってことは知っているんだが理解できていないというか、あるいはしたくないのか……。

まあ、まだほんの子供だ、無理もない。それにあの調子じゃ頭が良さそうなだけに説得するのも面倒くさいだろうな。まあ、本人の気が済むなら舟でも出してやるさ」

甚八は小さくため息をつくと、竿を持って竹丸に声を掛けた。

「さあ、出るぞ！　竹丸。準備はいいか？」

「はい！」

竹丸は輝く笑顔で振り返って返事をした。お涼も、

「竹丸！　気をつけて」

と父親の舟を押し出す竿に合わせてちょん、と舟の艫を押す。

「はい、行って参ります！」

竹丸がお涼にも笑顔で返していると、舟は川面へと滑り出て行った。

竹丸は舟に乗るのが初めてなのか、滑るように走る舟を心から楽しんでいるように見えた。その様子を見ながら、甚八は、

「竹丸、もしわしが彼岸へとお前を渡しても、兄上と会えるとは限らんぞ」

と、釘を刺した。

「はい、でも私はなんだか会えるような気がしてならないのです」

と、明るく答える。そんな竹丸を見て、甚八はまたそっとため息をついた。

大川へと出て横切り、回向院を左手に見ながら竪川へ入る。昔、明暦の大火で焼死した者を本所の回向院へ送るのにこの渡しを使ったので、三途の川渡しと言われたらしい。やがて所々に葦が生えているような場所で、木陰になっている一角を見つけてそこへ寄せ、浅瀬に乗り上げると竿をさした。水面はキラキラと陽の光を跳ね返し、その下を小魚の群れがさっ、と泳ぐのが見える。葦の茂み近くには真っ白なサギが一羽じっとしてその魚の群れを狙っているようだ。竹丸はその様子を熱心に見つめている。甚八は肩に掛けた手ぬぐいで、額の汗をぐい、と拭うと竹丸に話し掛けた。

「おい、竹丸。兄さんは病気かなんかだったのか?」

竹丸は後ろを振り向きもせずに話し始めた。

「はい。ロウガイ、という病だそうです。前からよく咳き込むことがあって、私はよく背中をさすって差し上げていました。兄上様は、その度に、『ありがとう、竹丸の手は良い手なのだろうね。さすってくれると落ち着くよ』と、いつもうれしそうにおっしゃってくれました」

「ふむ。いつも寝たきりだったのか?」

「いいえ、時々天気が崩れる前などにひどくなるだけで、普段は一緒に遊んで頂きました。でもある日、血を吐かれたとかで、屋敷の離れの小屋に寝所を移されたのです。

皆に及ぶことがあってはいけないと……。それでも私は兄上を訪ねました。床の上から、『竹丸、来てはならん』と、おっしゃいましたが、『離れているから平気です』と言って、いつも縁側の外に立って話をしていたのです」

甚八は少し微笑んで、

「兄上は本当はうれしかったんじゃないか？」

と、言うと、竹丸は首を振る。

「でも私は辛かったのです。ある日、話しているとひどく咳き込まれて、起き上がれず、血も吐かれているようでした。私はさすって差し上げたいのに、『来るな！』と、ひどくきつく言われて……。悲しくて、泣きながら兄上の世話をまかされているばあやのところへ駆けて行き、『兄上様がひどく咳き込まれてお辛そうなのです、血も！さすって差し上げて！お願い！』と頼みました。ばあやは急いで行ってくれましたが、本当は私がさすって差し上げたかったのに……」

竹丸がうなだれると同時に、ゆっくりと辺りを霧が漂い始めた。甚八は舟に乗せていた綱を手に取り、

「竹丸、ゆっくり座ったままこっちへ来い。霧が出てきた。落ちるといけないから、竹丸の体とおじさんの足を繋いでおこう」

と、言って竹丸を呼んだ。

「へへ、落ちませぬよう……」

竹丸は笑いながらも、素直に甚八のところへ座ったまま近づいた。竹丸の体と甚八の脛辺りを綱で結わえていると、周囲は濃い霧が立ち、後ろからは舳すら見えないくらいになった。甚八は、竹丸の肩を掴み、

「どうやら本当にあの世に着いたかもしれねぇ。いいか、竹丸。ここにはいいモンもいるかもしれねぇが、悪いモンもたくさんいるからな。気を付けな」

と、辺りに注意を向けながら低い声で言った。竹丸は頷き、

「はい。あの世には鬼やら怪しげなる者もたくさんいると話に聞きます」

と、怯える様子もなく、辺りを見まわして言った。辺りには何かが蠢(うごめ)くような気配もある。するとそれに気付いた竹丸は突然、

「兄上様！　竹丸です。兄上様にお会いしたく参りました。おられませぬか！」

大声で叫んだ。

「おい、そんなに叫んだら色々来ちまう……」

慌てて甚八は掴んでいた竹丸の肩をゆすって止めるが、竹丸はなおも続ける。

「兄上様！　忠信(ただのぶ)兄上様はおられませぬか。竹丸でございます！」

必死に叫び続ける姿に、甚八は静かに肩から手を離した。

「兄上様、お願いでございます……」

するとと、霧の向こうに、人の形をした影が現れた。

「兄上様？　兄上様ですね！　竹丸です！」

「たけ……まる……」

影が呟く。

「はい！　ああ、お会いしとうございました。兄上様！」

竹丸はもう舟から乗り出さんばかりなので、甚八は綱で結わえた竹丸の腹を腕でしっかり抱えていた。影がぼんやりと、人の顔になっていく。そこには、色の白い、細面の優しげな若者の姿があった。

「よく来たな。竹丸。兄はうれしいぞ」

若者は優しく微笑む。

「兄上様……！」

竹丸はもう涙で顔がぐしゃぐしゃだった。

「兄はいつも一人だ。体が弱く、いつも一人床に臥しておった。病に冒され、苦しみもがいていると、皆辛そうな顔をする。それが嫌で夜着の中で声を出さぬように一人必死で耐えておった……。なぜ、自分だけがこんな目にあわねばならぬ、といつも悔しかった……」

「はい、お辛かったでしょう……」

竹丸は益々体を乗り出す。

「もう一人は辛いのだ。竹丸、共に来てくれるか？」

「はい！　喜んで！」

もう舟を乗り越えんばかりの竹丸の体を甚八は必死で押さえた。

「竹丸！　落ち着け！　ありゃ、お前の兄なんかじゃねぇよ。一人寂しく離れにいたにもかかわらず、お前に来るな、と言った兄じゃねぇ！」

「あれは兄上です！　今度こそどこまでもご一緒したいのです！」

竹丸のあまりにも純粋な気持ちが伝わるだけに、甚八は迷いもよぎったが、それでも竹丸を止めた。すると、突然、

「竹丸！　惑うな！」

と声がしたかと思うと、ひゅっ、と刀を振るう音がした。忠信の体は袈裟(けさ)懸けに切られ、そこから滲んで霧となって消えた。そこに、また忠信の姿が現れ、自分を切った刀を納めた。今度の忠信は前の忠信よりもいくぶん儚(はかな)げな雰囲気が薄らいでいる気

がする。

「あ、兄上様……?」

「お前の声は相変わらずよく通る。彼岸の隅々にまで聞こえたぞ」

そう言って、にっこりと笑った。そして甚八の方へ向かって、

「竹丸が大変お世話になったようで、御礼申し上げます」

と、深々と頭を下げた。甚八は驚いて、

「いやいや、たいしたことはしてねぇんで。どうか面をお上げなすって……」

と、恐縮した。

「さ、先ほどのは兄上様ではなかったのですね……」

竹丸が恥じるように言うと、忠信は竹丸へ向き直り、首を振った。

「私の一部かも、しれん。確かにお前が生まれる前、ちょうどお前の年くらいまでは、あのようなことを思っていたのは確かだ」

「……お辛かったのでしょうね……」

竹丸は悲しそうな顔をしたが、忠信はうれしそうに笑った。

「だがな、お前が生まれてくれた。初めてお前を見たときに、お前は私の指をにぎり、笑ってくれたのだ。この世にこんなに愛しいものがいると、お前が教えてくれた。お

前を私がずっと守るとそのとき決めた。兄だからな。それからは病で寝込むことがあっても一人で寂しいとぐずぐず泣くことはなくなったのだ。お前のおかげだ」

それでも竹丸は泣きながら訴えた。

「私は兄上様がいないと辛いのです」

「そうだな。私もお前に会えなくなるのはとても寂しかった。でも、それ以上に私の情けない姿を見て、お前が悲しむのを見ることがもっと私には辛かったのだよ」

竹丸は首を振る。

「私は兄上様を情けないとは思いません！　だから一緒に……。兄上様がいて下さらなければ嫌なのです」

忠信は困ったような、うれしいような顔をして竹丸を見つめている。

「……私はお前が生まれたときから、お前にもらったものがある。それがあるから、一人でも耐えられた。今度は私のものをお前に託そう」

そう言うと、懐から小さく輝くものを取り出した。

「それはなんですか？」

竹丸が見つめていると、忠信は竹丸の顔の前に差し出した。

「我が心だ。預かっておいてくれるか？」

竹丸は何も言わず、驚いたように見つめている。

「お前はいつも私がいた離れに、遠くからその声で『兄上様！』と叫びながらやって来て、花が咲いたと言っては持って来てくれたり、鶯が鳴いたと言っては知らせに来てくれたりしていただろう？ 良い匂いがするとヨモギの葉や梅や桜の花びらや……それにはすべてお前の心が籠っていた。花や話だけがうれしかったのではない、お前の私を慕い、いつも想っていてくれるその心がうれしかったのだ。だから一人離れにいても寂しくはなかった。お前と共にあると思えたからな」

竹丸は身動ぎもせず黙っていた。

「だから、今度は私がお前に託そう。私がいつも共にある、とそう思ってくれれば、いつもお前と共にある。わかるな？」

「はい……」

そう言うと、竹丸は輝くものを受け取りぎゅっと口を結び、泣き叫んで我儘を言いたい自分の心を抑え込むかのように胸へと抱きしめた。すると光は消えていた。

「三途の川のほとりには衣領樹という木があるそうだ。女が初めて真心をもらった相手に手を引かれて川を渡るともいうそうだが、私はその木の側で、お前が来るのを待とうと思う。何十年先でもずっと待とう。お前がどんな生き方をしたのか、どんな家族を持ったのか、話を聞くのを楽しみにしていても良いだろう？」

竹丸はうつむいて、黙って何度も頷いた。そして、自分の腰帯につけている竹林に雀の柄が入った守り袋を外すと、忠信に差し出した。

「……これは母上様がお前に作って下さった守り袋ではないか」

「母上様には私から謝っておきます。だから、これは兄上様に差し上げます。一人、お待ちになる兄上様が寂しくないように、私がまた見間違えることのないように……持っていて欲しいのです」

忠信はしゃがみ込み、竹丸と目の高さを同じにすると優しい眼差しで竹丸を見つめ、守り袋を受け取った。

「わかった。ありがたく頂くとしよう。……達者でな」

忠信は竹丸の頭を撫でると、立ち去って行く。

「兄上様！　またいつか、またきっとお会いしましょう！」

忠信は振り返り、笑顔で手を挙げた。竹丸も手を挙げ、いつまでも見送った。

やがて、忠信の姿が霧に消えると同時に、ゆっくりと辺りが晴れてきた。しばらくすると、ヒバリがやかましく空をさえずる。元の木陰の川面に舟は浮かんでいた。相変わらず、サギもじっと川面を見つめている。

竹丸は忠信がいた方を向いたまま、ぼんやりとしていた。甚八は黙って、竹丸と自分の足を結わえていた綱を解いた。

「さて、と。これで彼岸へ行かなくても良くなったわけだが……。もう少し川上まで行ってみるか？」

甚八は竹丸に声を掛けた。竹丸は遠くを見つめるような、ぼんやりとした顔で頷いた。

「ちょっと深さのあるところまで舟を曳いて行くぞ」

そう言うと甚八は舟を降り、浅瀬から河原沿いを竹丸を乗せたまま舟を流れに逆らって川上へと綱で曳き始めた。竹丸はまだ途方に暮れたような顔をして、舟に揺られていた。

「……これから、途方もない日々を一人、暮らしていかねばならぬのですね……」

竹丸が呟くように言うので、甚八は噴き出した。

「てめぇ、人になって数えるほどしか経ってねぇくせに、何一端なこと言ってやがんだ。暇だからよけいなこと考えるんだよ、手伝え！」

甚八が大声を出すと、竹丸は素直にぴょん、と舟から浅瀬へ飛び降りて水しぶきを上げながら近寄り、先頭に立つと一緒に舟を曳き始めた。よいしょ、よいしょ、と声を出しながら汗をかいている。ふいに振り向いた竹丸の瞳には力が戻ってきているようだった。そして、元気よく話し掛けてきた。

「ね、兄上様は見目麗しかったでしょう?」

舟を曳きながらうれしそうに喋り始める。

「ああ、そうだな」

甚八は笑いながら答える。

「優しかったでしょう?」

「ああ」

「私の自慢の兄上様なんです」

「知ってるよ」

二人はずっと喋りながら、舟を曳いて行った。

染井の桜

木内　昇

木内　昇（きうち・のぼり）
一九六七年東京都生まれ。二〇〇四年に『新選組幕末の青嵐』でデビュー。〇八年刊行の『茗荷谷の猫』で話題となり、翌年、早稲田大学坪内逍遙大賞奨励賞を受賞。一一年に『漂砂のうたう』で直木賞、一四年に『櫛挽道守』で中央公論文芸賞、柴田錬三郎賞、親鸞賞を受賞。著書に『笑い三年、泣き三月。』『ある男』『よこまち余話』『光炎の人』『球道恋々』『火影に咲く』『化物蠟燭』『万波を翔る』『占（うら）』『剛心』など。

徳造はあるとき突然、一生続けるものだと信じていた仕事を辞めた。

そうして、武士の身分を捨てて町人になった。もともと彼の家は、代々続いてきた武家というわけではない。祖父が商売で大きく儲け、それを元手に御家人株を買い取って得た身分だった。徳造の父は御屋敷勤めをしてその真新しい身分を丹念にまっとうし、無事息子に引き継いだところだった。

役人の仕事は、徳造の性分にもよく合っていた。彼自身、そのお役に大きな不満を抱いたことはなく、生まれながらにして自らに定められた見通しのいい道を疑ったことは、一度もなかった。

勤めをはじめて間もない頃、徳造はひとつの道楽を持った。鉢植えの世話という、ささやかな楽しみだった。たまたま『花壇綱目』という昔の園芸書を手にしたことがきっかけで、彼は草木の奥深さや面白さに取り憑かれたのだ。非番の日になると徳造は、さまざまな園芸書を読み込み、また直接植木園に足を運ぶこともして知識を仕入れた。植木職人たちは、二本差しがやたらと園芸に通じているのを怪しみつつも、枝の剪定から肥料のやり方まで事細かに教えた。徳造は相手が恐縮するほど腰を低くして、真剣に耳を傾けた。いくら学んでも草木への興味は尽きなかった。わけても彼の気を惹き付けたのは草花の交配の仕方や変わり咲きの造り方で、それは、これまでただ眺め、ありのままを受け入れてきたものに手を伸べてかかわることができるのだ、という新鮮な驚きを彼にもたらした。

草木にのめり込むうち、まっすぐ敷かれていたはずの自分の道が、いつしか揺れはじめていたことに徳造は気付いた。これまでのようにお役に身を入れなければいけない、爺さんが必死で手に入れた御家人株じゃないか、親父が貫いた仕事じゃないか、次に引き継ぐまでは守らねばならない。彼は懸命に、自身に言い聞かせた。けれど、その揺れを止めることは、とうとうできなかった。

父親が卒中で死んだのを機に、徳造はついに役を解いてもらい、植木屋に弟子入りすることを決めた。それを妻に告げたとき、彼女は座ろうとして膝をついた姿勢のまま、半開きの口をかすかに動かしただけだった。言葉がうまく吐き出せないようだった。お慶というのが、その年上女房の名だ。武士の家に生まれ育ち、幼い頃から武家の女としての躾や教えを受けてきた彼女には、町人の身分に下るということがどういうことなのか、どんな暮らしを営むことになるのか、そのとき想像もできなかったのではないだろうか。彼女はしかし、抗弁の機を持てなかった。徳造は既に御家人株を売り払う手続きを取っており、お慶にとってそれは、相談ではなく報告でしかなかったからだ。

慌ただしい引越しや挨拶回りの中でも、彼女はなにひとつ異を唱えなかった。徳造はそれを、自分への信頼と受け取った。


江戸の北西、中山道板橋宿の近くに、染井という地がある。花見の名所、飛鳥山もほど近い風光明媚な土地で、加賀藩、大和郡山藩や藤堂和泉守の下屋敷と、大名のお屋敷が建ち並んでいた。それぞれ広大な敷地に造り込まれた庭園を有しており、そのためか辺りにはいつの頃からか、庭木の手入れをし、苗や鉢植えを商う植木屋が集まり、店を開くようになっていた。植木職人としての修業を終えて独り立ちした徳造もまた、その地に自らの店を持った。

店といってもたいそうな構えがあるわけではない。野天の一画を縄で囲い、木の板をわたした簡単な屋根をしつらえただけのものだ。徳造は、そのさほど大きくはない領域を目一杯生かしつつ、しかしけっしてはみ出ぬように気を遣いながら、植木の背丈、葉の色合い、枝の張り方を細かにはかって多彩な草花を配置した。通りから見ると店全体が一枚絵のようで、その前を通る者は誰しも自然と足を止めた。軒を並べた植木屋たちは徳造の陳列の見事さを盛んに褒め、つぶさに観察しては自分の店に持ち帰り、そっくりそのまま真似をする。けれどどういうわけか、同じような見栄えを作ることは誰にもできなかった。

町人風の髷も半纏もこの頃にはすっかり板についていた徳造だが、その物腰は他の植木屋とはどこか違っていた。それは彼の、品を備えた佇まいのせいかもしれないし、草木に対して尊崇の念を隠さないことにあるのかもしれない。

徳造がかつて御家人だったと聞くと、ほとんどの者が目を丸くする。それから、なんだってお役人を辞めたんだい、そんなもったいないことを、と一様に口をすぼめた。けれど彼の庭造りのうまさや植木の扱いの巧みさに一度でも触れた者は、はなからこっちが本業だったんだ、お武家より適役だよ、と冗談を交えた感想を漏らした。松の古葉の取り方、枝の接ぎ方、掛け合わせの仕方、たいていのことは彼に訊けば事が済んだ。その知識の豊かさや確かさはまたたく間に評判となり、新参者の徳造は、植木屋仲間から歳の上下にかかわらず「兄ぃ」と呼ばれて頼りにされるようになった。

徳造が店に出ている間、お慶は巣鴨の裏店に籠ったきりで、めったに表にも出なかった。ひと間しかない部屋の奥まったところに座り、一日中壁に向いて内職の針仕事をした。徳造の稼ぎだけではままならない暮らしを、そうやって補っていた。

巣鴨に移ってからというもの、彼女はすっかり様子が変わっていた。かつては毎日のように弾いていた琴にも手を触れなくなったし、好んで読んでいた読本や黄表紙からも遠のいて、芝居や祭に行くこともなくなった。飯の支度や掃除すら手を抜くようになり、一年も経つと徳造が家事を代わることがほとんどになった。彼が仕事を終えて家に帰ったときには既に、夜着にもぐって寝息を立てていることもしばしばだった。

お慶は、長屋の連中とも一切馴染もうとしなかった。井戸に水を汲みに出るときは頑なに目を伏せて、女房連が声を掛けても気付かぬ振りで通した。どれほど近くで話しかけても、岩のように応えなかった。彼女の、人目を避ける虫のようなせせこましい動きや、低い位置でせわしなく動いている目は、深い皺が刻まれた顔立ちを一層貧相に見せていた。

徳造の植木屋仲間が家を訪ねても、お慶は彼らの話に加わることはおろか、茶の一つも出さないのだ。ゾッとするような陰気な表情でそそくさと挨拶だけ済ますと、客に背を向け、一心不乱に針を動かした。

気が良くて真面目で几帳面で、職人としての才もある徳さんに、あんな女房がひっついてるのは大間違いだ、とお慶に会った者は口を揃えて言った。徳造はそうした噂を耳に挟むと、心当たりのある者ひとりひとりのところへわざわざ出向いて、女房を弁護した。とても穏やかに、好きな草花の話でもするように、お慶を護った。

「あれは気立てのいい、明るい女なんだよ。よく冗談を言って俺を笑わせて。琴がうまいし、戯作にも詳しいんだ。ともかく、滅多にいない面白い女なんだよ。それに前に住んでいたとこじゃあ、なんとか小町って言われて別嬪で通っていてね」

今のお慶にはそんな様子は欠片も見えないから、みな言葉に詰まる。

「うん。もとはそういう女だったんだよ」

徳造は笑みを絶やさぬままに、そっと目を伏せた。

植木屋になってから徳造が最も精を出したのは、儲けることでも店を広げることでもなく、これまで誰も造ったことがないような変わり咲きを生み出すことだった。それも朝顔や菊といった多くの職人が工夫を凝らしてきた筋のものには目もくれず、桜ばかりにこだわった。徳造はそのわけを、一度仲間に語ったことがある。「庭じゃあなく、景色を造りたいと思ってね」。彼は、暇を見つけては方々の山桜を見て歩き、よさそうな品種を見極め、その枝を持ち帰って接ぎ木や挿し木にした。彼の家の前には、そういう桜の鉢がいくつも並んでいた。

一度、徳造が店から帰ると、お慶がその桜の鉢の前にジッとしゃがんでいたことがあった。彼女がそんな風に草木に興味を示すのははじめてのことだったから、徳造は急いで駆け寄り「新しく掛け合わせた桜だ。これがうまくいけばそりゃあ見事な花が咲くよ」と弾んだ声で言った。お慶は顔を上げず、まばたきもせずに桜を見ていた。それから誰に言うともなく、

「あたしは、どこかで、しくじったんだね」

と呟いた。

徳造はそれから、これまで以上に掛け合わせの桜に没頭するようになった。お慶が針仕事に没入するのと同じような気の入れ方で、すべてを桜に注ぎ込んだ。植木屋仲間が交配の進み具合を訊くと、江戸彼岸という品種を使うことにしたのだと内緒話でもするように徳造は打ち明けた。

「今度はうまくいきそうだ。そうすれば万事元通りになるんだよ」

「元通りって、なにがだい?」と仲間は訊いたが、徳造は、うっかり漏らしてしまった言葉をごまかすように、

「早いとこ、いい桜がめっかるといいんだが」

と、静かな笑みを浮かべた。

「めっかるって、変わり咲きは掛け合わせをして兄ぃが造るんだから、『めっける』じゃあねぇだろう」

仲間が笑うと、徳造は真面目な様子で首を振る。

「いやぁ、『めっける』だ。道筋はつけられても、もともと天然自然のものをはなから造るなんてできないもの。こいつらの出方を見て、いい姿をめっけるんだよ」

そこにいた誰もが、徳造の顔を不思議そうに眺めた。そのうちのひとりが、「面倒だなぁ、兄ぃは面倒だ」と呆れたように言った。


徳造が、江戸彼岸と大島桜を掛け合わせた変わり咲きの桜を「めっける」ことを成し遂げたのは、それからさらに五年が過ぎた頃のことだ。葉が出るより先に、淡雪に似た花が枝をほぐすようにして咲き乱れる桜を見た仲間たちは、一様に息を呑んだ。

徳造の桜は、吉野桜と呼ばれ、すぐに評判となった。

「移ろうから、儚(はかな)いから、美しい」

一斉に咲いて見事に散る様も際だっているその桜を、江戸の人々は自らの生き方になぞらえて愛でた。ひとひらひとひらが、風に舞って吹雪に似た風情を作ることも、人々を魅了してやまなかった。

桜を造った徳造の名は広く知れ渡り、巨万の富がもたらされる――当然そうなるはずだった。にもかかわらず、徳造の暮らしはなにひとつ変わらなかった。金回りがよくなるわけでも、人々から注目を浴びるわけでもなかった。

彼は、自分が編み出した桜の苗を、誰にでもほんのわずかな値で分けてしまっていたからだ。新種の桜にその名を冠することもなければ、己の仕事だと吹聴することもない。だから新しい桜を売っているこの人の良さそうな男が、交配を見つけたその人だとは誰も思わなかったろう。

植木屋仲間はさすがに徳造を諫めた。なにしろ、他人から訊かれれば、苦心して編み出した掛け合わせの方法まであっさり教えてしまうのだから。せっかく評判になったんだ、それなりの値をつけなければ、掛け合わせに費やした手間暇も歳月もふいになる、と彼らは口を極めて言った。ところが当の本人は柳に風で、自分のこめかみあたりをトントンと二度ほど叩き、「なに、ここにあるものを口から吐き出しているだけで、なんの元手も掛かっちゃいねぇもの」と嘯くのだった。そんなことを続けていれば、来年にはもう、徳造の桜は誰のものでもなくなってしまう。痺れを切らした仲間数人が、徳造の家まで談じに行った。

「兄ぃも、朝顔の珍花で売った成田屋を知っているだろう?」

ひとりの若者が切り出した。徳造はみなが訪ねてきたわけを悟り、困じ果てた顔になった。座敷の隅ではお慶が、連中のことなど目に入らないといった様子で針仕事をしている。

「金を取る気がないなら、せめてこの桜に銘打つなりなんなりしねぇと、兄ぃの名だって広まらねぇだろう」

年かさの男が続き、「別段それは浅ましいことでもなんでもないんだ」と穏やかな声で諭した。

「いくら草木が好きだといって、それだけで生きていかれるわけじゃあない。それを見も知らぬ客に売っぱらって、わっちらおまんまが食えているんだ。ちゃんと育ててくれるのかわからねぇ客にだよ。そういう割り切ったところがあるのが商いというものだ」

徳造は口に溜まった唾を何度も飲み込んで、額や頬の辺りをしきりと掻いていた。

「だったら染井吉野ってのはどうだろうね。染井でできた桜だからね。そら、奈良にも吉野桜ってのがあるだろう。これはそいつと違う種だから」

「そういうことじゃないんだよ、兄ぃ」

仲間は口々に言う。

「兄ぃが造ったってことを、もっと大っぴらに触れ回ったほうがいいってことさ。そうすりゃこれから、商売だってしやすくなるだろう。頼まれる仕事だって増えるかもしれないよ」

そのとき、お慶が手元から目を上げて、徳造の背中をそっと見遣った。けっして動かないはずのものが不意に動いたことに、そこにいた職人の何人かが気付いた。彼らは、ある期待を込めてお慶を見つめた。「でもなぁ」と徳造の口が先に開いた。

「確かに花は、名花だ駄花だと区別もされる。それでもな、花を見る者はなんにも書かれていねぇ生きた姿に惚れるんだ。そこにわざわざ俺の名を冠するようなことは、野暮じゃあないかと思ってね」

餅でも嚙んでいるようなくぐもった声で答えた。仲間は口々に「そりゃそうなんだが」と唸(うな)り、徳造のこれまでの控えめすぎる行いを並べ立てて案じ、今度ばかりはその人の良さは忘れて堂々と銘打て、掛け合わせのやり方だって他に教えず苗だけ売ればいいんだと、くどいくらいに焚きつけた。この桜は後世にまで語り継がれるほどの代物なんだよ、と。徳造は仲間の親身な言葉をひとつひとつ身体にすり込むようにして聞いていた。それでも一通り聞き終えると、やっぱり首を横に振った。

「なにも遠慮しているわけじゃあないんだ。そうやってせっかくの技を抱え込んじまったら、広まるものも広まらないだろう。あの桜が広まらないのは、俺には一番こたえるからさ」

そのときにはお慶はもう、職人たちに背を向けて、いつもと同じ姿勢で針を動かしていた。

「それに、名を残すことに興味はないよ。いずれ俺ぁこの世の者ではなくなる。そうなった後まで、俺の在ったことを覚えていて欲しいとは、思わないもの」

水面で小さなあぶくが爆(は)ぜたような声だった。

お慶は、一心に針を動かしているだけで、なにも言わなかった。仲間が肩を落として引き上げたあとも、なにひとつ言わなかった。

お慶が、流行病(はやりやまい)の麻疹(ましん)で死んだのは、徳造が吉野桜を造ったその秋口のことだった。針仕事の最中にひどい熱で倒れ、そのまま寝ついたと思ったら、三日ともたなかった。

葬儀を済ませてしばらく、徳造の家はひっそり静まり返っていた。煮炊きの湯気も溜息さえも、表に漏れては来なかった。それでも十日ほどすると、鶏の鳴くか鳴かぬかのうちから座敷を掃く音が聞こえるようになった。菜を刻む音が漏れ出した。炭の匂いに抹香の香が所在なげに紛れているのが、以前と異なるたったひとつのことだった。

長屋の住人たちは、仕事の行き帰りにさりげなく徳造の様子を見に寄るようになった。女房連は貧しい膳から見繕い、持ち回りで差し入れをした。

徳造はなにも変わらなかった。仕事は微塵も手を抜かず、いや以前より遥かに精を出して働いていた。長屋でも店でも、よそから声を掛けられれば、いつもの半分溶けかかったような笑みを浮かべて律儀に応えた。

徳造は、なにも、変わらない。

彼を変えるようなことは、なにも起こってはいない。むしろ厄介な荷物がなくなったのだ。周りの者は明るい顔でそう語り合った。自分たちのお慶への感情をそのまま徳造の心根に滑り込ませて、そう言い合った。

ところがしばらく経つと、長屋連中の口にひとつの噂が上るようになったのだ。

「徳さんの部屋にゃ、まだお慶さんが住んでるようなんだよ」

もっとも、実際にお慶の姿を見た者があったわけではない。徳造の部屋を訪ねた者が、その奥の、お慶がいつも座っていた場所に、開いたまんま置かれている針箱や座布団、その下に挟まれた絎台、積み上げられた端布を見て、勝手にお慶の姿を思い浮かべてしまうだけのことだ。

それでも、几帳面できれい好きの徳造がいつまでも道具を片付けないことは、不自然には違いなかった。

「なにかのまじないだろうかねぇ」

「まるで、お慶さんがちょいとそこらに用足しに出ただけみたいな様子なんだよ」

はじめの頃はまだ、なにかと忙しくてそこまで手が回らないのだ、と長屋連中は推し量ることもできた。が、冬の風が頬を刺す頃になると、さすがにみな、気味悪がった。まさかお慶さん、実は生きてるってことはないだろうね、と身震いする者もある。彼らは、お慶の深い溜息や虫のような歩き方を意味もなく思い出し、曇った顔で肩をすくめた。

年が明けた。毎年正月五日に開かれる植木屋仲間の新年会に、徳造はその年、顔を出さなかった。この会合は、徳造からじっくり掛け合わせや苗木の育て方を聞ける貴重な機会でもあったから、この年はどうにも締まりの悪い酒席になった。彼らの耳にも、例の噂は聞こえていた。それぞれに徳造を案じていた。

「どうだろう、ひとつ兄ぃの家を訪ねてみちゃあ」

ひとりが言ったとき、「喪が明けきってねぇから」と他の者はためらった。そのまま話題は逸れて、しばらくは銘々勝手に飲んでいたが、「新年の挨拶に寄るくらいないいだろう」と誰ともなしに言い出すと、酒も入っているものだから勢いづいて宵の町にうち揃って踏み出した。外は一遍に酔いが覚めるほど冷え切っていた。けれど彼らの頰にさした熱は引かなかった。今こそ日頃世話になっている徳造を救うのだ、という義俠心のようなものが、彼らを昂揚させていたのかもしれない。

徳造は突然の来客にもさして驚くことなく、十数人の仲間を狭いひと間に迎え入れた。この冷え込む時期に、座敷には炭も熾(おこ)っていない。部屋の隅には、さっきまで徳造がくるまっていたらしい夜着が、苦しげに丸まっていた。彼らは素早く座敷の中を見回し、そこが噂通りの様相であることに短く落胆した。壁際の場所には未だ、お慶の使っていた道具や座布団がそのまま、結界を張るようにして置かれている。今にもお慶が帰ってきて、集まった仲間を暗い目で見て溜息をつくのじゃあないかと、誰もが思った。

徳造を案じる気持ちが、つい先走った行動を起こさせたのだろうか。仲間のひとりが、

「大勢入って狭いから、こいつを片付けてもいいかい？」

と、蓋が開いたままの針箱をひょいと持ち上げたのだ。

それを見た徳造の顔が、残酷なほどに崩れていった。

「触ンな」という嗄れた声が、その口元から放たれた。

みな動きを止めたまま、険しく歪んだ徳造の顔を眺めていた。それは彼らがこれまで、想像すらしたことのない徳造の顔だった。

徳造は職人仲間の見開かれた目に晒され、場を醜く乱したことを察したようだった。憐れなほどに動じて、言葉を探しているのか、畳の目をなめすように見ていた。随分経ってから、静かにこう切り出した。

「俺も動かさねぇように、そうっと埃を拭ってるんだ。あいつが、最後に使ったときのまんまにしておきたくてな」

仲間は、一様に眉をひそめた。

そういうことかと納得する気持ちと、そうやって同じ所に止まっていては仕方ないという思いが、みなの胸の内で交錯していた。

ひとりの男が、仲間を見回してから言った。

「なあ、兄ぃ。こいつぁただの針道具だ。座布団だってこの布だって、ただの物じゃあねぇか。そのまんまにしてたって、死んだ女房が帰ってくるわけじゃあるめえよ。気持ちはわかるが、もういい加減、忘れなきゃいけねぇよ」

徳造の顔が赤黒く変わっていった。それは、羞恥のようにも、怒りのようにも、哀しみのようにも見えた。

止まってなどいられないことを、徳造は知っていた。どんなに忘れがたいことでも、日が経てば薄れてしまうことを、知っていた。どんな風に座っていたか、どんな声で笑っていたか、どんな仕草で怒っていたか、どんな匂いがしていたか。それはどれほど留めようと努めても、手の平にすくった砂粒のように、隙をついてどこかに吸い取られ、消えていってしまうのだった。

徳造の口が、なにかを言おうと開きかけた。そこで息遣いがしゃくりあげるようになって、あとの言葉が途絶えた。彼がすっかり沈黙に籠ってしまうと、植木屋仲間は判じかねた顔を見合わせて長い息をついた。

しんしんと冷えた夜気がそれぞれの四肢を締め上げていった。遠くに、「火の用心」という番太郎の声が聞こえている。

橋を渡って

北原亞以子

北原亞以子（きたはら・あいこ）
一九三八年東京生まれ。六九年に「ママは知らなかったのよ」で新潮新人賞を受賞しデビュー。八九年に『深川澪通り木戸番小屋』で泉鏡花文学賞、九三年に『恋忘れ草』で直木賞、九七年に『江戸風狂伝』で女流文学賞、二〇〇五年に『夜の明けるまで』で吉川英治文学賞を受賞。著書に『まんがら茂平次』『妻恋坂』『父の戦地』『誘惑』『あんちゃん』、「慶次郎縁側日記」シリーズなど。一三年逝去。

今は弟が跡をとっている実家の裏木戸を開けると、一番会いたくない人と鉢合わせをしそうになった。弟の女房の、おなみだった。

「まあ、おあいにくでございました」

と、おなみは、あきらかに機嫌のわるい口調で言った。

「主人は昼前から出かけておりまして。私も急用ができたものですから、おかまいできないのですが」

あれくらいはっきり物を言う方がいっそ気持がいいと、おなみを褒める人もないではないが、おりきは、弟の伊与吉がおなみの言葉に唯々諾々と従っているのが嫌だった。

その上、おなみは、亡くなった祖母や母が今日は袖、明日は身頃と、暇を見つけては丹念に縫っていた小僧の仕着せまで呉服屋にまかせ、かわりに帳簿へ目を通して、父の代から取引のあった味醂の仕入先に、価格の見直しをせまったりする。おりきには、とても女のすることとは思えなかった。

おなみの方も、夫の陰に隠れて暮らしているようなおりきに、あまり好意を持っていないようだった。

おりきの嫁ぎ先、干鰯問屋の日高屋は深川佐賀町にあり、実家のある永代寺門前仲町とはさほど遠くないのだが、おなみがおりきをたずねて来たことはない。おりきがたまに実家を訪れた時も、型通りの挨拶をして茶を出すと、居間へさっさと引き上げていった。

今も、おなみの少々あごの張った顔は、木戸へ向けられている。

おりきはのどが渇いていたが、お茶を飲ませてくれと頼んだために、あとで「お義姉さんは図々しい」といやみを言われては、弟が可哀そうだと思った。

おりきは、おなみの機嫌をそこねぬように微笑を浮かべ、ここで帰ると言った。

それなのに外へ出たとたん、音を立てて木戸が閉まった。風のいたずらかもしれないが、不愉快な音だった。

いやな日だと、おりきは思った。

先月、六月十五日に上総の木更津まで出かけて行って、昨日、七月一日に帰ってくる筈だった夫の佐十郎は、供に連れていった手代だけを帰して寄越した。

やっぱり——と番頭が言ったところをみると、佐十郎は、帰りが遅れた場合の指示をしていったらしい。おりきには、遅くとも七月の一日には戻る、戻ってきたら、かねてからの約束通り中村座をつきあうと言っていたのだが、あいかわらずおりきとの約束など、破ってもかまわぬと思っているようだった。

この分では帰ってきても、明日は寄合、明後日は日本橋通町に出す鼈甲細工の店の打合せと飛びまわって、おりきに呼びとめられるのさえ鬱陶しがることだろう。

それを考えると、佐十郎の好物を用意して、今か今かと帰りを待ち焦がれていた自分が哀れになった。

といって、その鬱憤をどう晴らしてよいのか、おりきにはわからない。思いつくのは富岡八幡宮への参詣だけだったが、そこでも昼間から酔っている男に突き当られ、真直ぐに歩けとすごまれた。

せめて弟に愚痴を聞いてもらおうと実家へ寄ったところが、弟は留守で、出会ったのが機嫌のわるいおなみであった。しかも、出かける時は雲に隠れていた陽が今は顔を出して、日傘を持ってこなかったおりきを容赦なく照りつける。

「どこかでお祓いをしなくっちゃ」

と、おりきは呟いた。

が、八幡宮は酔っ払いにすごまれたところだし、どこの町内にもある稲荷社では、あまりに手近過ぎるような気がする。

深川にある神社や寺院を次々に思い浮かべているうちに、ふと、霊巌寺門前町の菓子屋で売っている厚板煎餅が脳裡をよぎった。あのかたい煎餅に思いきりかぶりついたなら、胸のうちにくすぶっている不満も、少しは消えるかもしれなかった。

「罰当りな女だこと」

おりきは、一人で笑って歩き出した。

煎餅を買って帰ってくる途中、清住町の裏通りで、おりきは、『御雇人口入所』の看板を見つけた。

めったに家を出ないおりきだが、入口に紺の長暖簾をかけたその家の商売くらいはわかる。昨年の四月に、佐賀町で同じ看板を出している家へ行ったこともあった。女中やめし炊きの男などを斡旋してくれる家だった。

おりきは、そこから隅田川沿いの表通りへ出た。

仙台藩蔵屋敷の前を通って、上の橋を渡る。

このあたりでは、橋の下を流れる川を仙台堀と呼んでいて、佐賀町側の川岸には、店の商標を大きく書き出した荷蔵がずらりと並んでいる。

橋を渡ったところで、おりきは何気なく左手を見た。一瞬、力まかせに心の臓を摑まれたような、鋭い痛みが胸を走った。

二、三軒先の荷蔵の前に、まだ江戸へ戻っていない筈の人がいた。旅姿のままではあったが、たった今、江戸へ着いたという感じではない。昨夜のうちに、旅の垢を落としたにちがいなかった。

知らぬふりをして帰ろうと思ったが、気持とはうらはらに足がとまった。おりきは、佐賀町の家並の陰に隠れて、荷蔵がつくっている路地をのぞいた。

女がいた。若い女だった。

知らぬ顔ではない。鼈甲の細工人、金三の娘のおつゆだった。

おりきは、隠れていた藍玉問屋の羽目板に指をこすりつけた。蹴れば羽目板も大きな音をたてるのだろうが、こすったのでは指にとげがささるだけで、とても二人をふりむかせるだけの音はたてられなかった。

それに第一、大きな音をたてて、二人にやきもちをやいていると思われたくはない。

おりきは、溜息をついて歩き出した。

佐十郎とおつゆの関係は、おりきが知っているかぎりでは一年ほどのことになる。

日本橋に鼈甲細工の店を出したいと、佐十郎がしきりに動きまわっていた頃からで、おそらく腕のいい細工人を探しているうちに出会ったのだろう。

おつゆも気の強い娘で、父親のことづけを持ってきたと言い、幾度か佐賀町の店をたずねて来たことがある。佐十郎に逢引をせがみに来たのだとわかっていたが、おりきはおつゆを居間へ案内し、厚切りの羊羹などを出してやった。金三の腕が佐十郎の新しい店に必要なことはわかっていたし、佐十郎が、女にもてることを喜んでも、のめり込む男ではなかったからだった。

が、もし明日、おつゆが日高屋へ父親の細工した物を届けに来たとしても、ご苦労様と笑って受け取れるかどうかわからなかった。

木更津から帰ってきた佐十郎は、手代だけを佐賀町へ帰し、自分は懇意にしている料理屋へおつゆを呼び出して、一夜をともにしたにちがいなかった。

おりきのもとへ帰ってくる前に、おつゆと会っていたのである。お前にはもう興味がないと、はっきり佐十郎に言われたようなものではないか。おりきは、半年以上も前から、佐十郎の背中ばかりを眺めて眠りについていたのだった。

躯の芯が熱くなったような気がして、おりきは足を早めた。

中の堀に面した日高屋へ、裏口から入る。強い異臭が漂っているのは、下総の銚子から着いた干鰯の荷を裏庭で開けてみたからだろう。

台所では、女中達が駄菓子の袋を破いて茶を飲んでいた。

間もなく旦那様がお帰りになるとは言えないし、また、言うつもりもなかった。おりきは、食べる気も失せた煎餅の袋を女中に渡して居間に入った。

その夜、佐十郎は、食事の膳を居間へはこばせて、おりきと向い合った。

「やっと落着いたよ」

と、佐十郎は、奉公人の前では見せたことのないあぐらをかいて猪口をとった。帰ってくるなり湯殿で水を浴び、その湯殿から、番頭へ居間に来るよう言いつける男だった。旅の疲れなどどこにもたまっていないのか、留守中の出来事を聞いたあとで、あらためて湯へ入った顔も、浴衣の衿をくつろげている胸もとも、日焼けしてつややかに光っている。

「今日、わたしが帰ってくるとは、誰も思っていなかったようだな」

佐十郎は、上機嫌で笑った。

先刻、ふいに紺の日除けの中へ入ってきた佐十郎を見て、日高屋は上を下への大騒ぎとなった。店の者は、すぐに見せろと言われるにちがいない帳簿や書付をあわてて揃え、台所では女中達が、佐十郎の好物を買いに他人の下駄をはいて走って行く始末だった。おつゆに会いに行ったことを知っている手代が、佐十郎の帰りは明日か明後日と言っていたのである。佐十郎は、おつゆと数日を過ごすつもりだったのだろう。

おりきは、うちわの風を送りながら、わずかに口許をほころばせて見せた。

「土産は見たかえ?」

と、佐十郎は話題を変えた。おりきはうなずいて、気に入ったと答えた。

佐十郎が買ってきた土産は、きれいな貝殻を幾つも貼りつけた箱であった。おりきに娘はいないが、若い女中に見せたら欲しがりそうだった。

「そうかえ?」

佐十郎の目が、嬉しそうに細くなった。

「実は、あれも商売にしようと考えているのさ」

今度は貝殻細工のお店を出す気かと、おりきは目を見張った。

「違う、違う」

佐十郎はかぶりを振る。

「日本橋の店で売るんだよ」

「まあ……」

よい思いつきと言ったものかどうか、おりきは迷ったが、佐十郎は、おりきが感心してくれたものと思ったようだった。

「鼈甲はわたしも好きだが、とにかく値が高いだろう？　櫛（くし）や簪（かんざし）を一番欲しがる筈の若い娘が、見向きもしてくれないんだよ」

「それに地味ですもの」

「が、わたしは、若い娘さんを客にしたい」

佐十郎は、おりきの膝（ひざ）を叩（たた）いた。

「で、貝殻細工というてを考えたのさ。あれなら若い娘が飛びついてくれる」

「ええ」

「娘達は一人で来ない。たいてい、母親がついてくる」

佐十郎は、笑って猪口に口をつけた。

おりきにも、ようやく佐十郎の考えが飲み込めた。佐十郎は、娘についてくる母親に鼈甲の櫛や簪をすすめるつもりなのである。

見なければ欲しがらずにすんだものを、見てしまったために買いたくなるのは間々あることだった。鼈甲の値の高さに尻込（しりご）みする母親も多いだろうが、一生に一度のおねだりだと、亭主にせがむ者もなかにはいるだろう。親から受け継いだ商売や得意先だけでは満足していられない、佐十郎の考えそうなことであった。

「そこで、だ」

　と、佐十郎がおりきを見た。

「うちには今、いくら金がある？」

　おりきは、俯いて佐十郎の視線を避けた。

　日本橋へ店を出すために、佐十郎がかなりの借金を背負ったことは、おりきも知っていた。幸い干鰯の商売は順調で、借金も少しずつ減らしてはいるようだが、店の方に余裕のあるわけがない。

　佐十郎は、おりきの蓄えがいくらあるかと尋ねているのだった。

　万一の場合に備えて、おりきは、米代や薪代、蠟燭代など家の中のことに遣う金を、毎月わずかながら手文庫の中へ入れている。それが十七年の間にかなりの額となっているし、嫁いできた時の持参金もある。

「貝殻細工だ、仕入れに金はかからないが、細工をする人間を、うちの細工人にしてしまいたいんだよ」

「わかりました」

　と、おりきは言った。

ためたのは確かにおりきだが、ためさせてくれたのは佐十郎だった。持参金に手をつけずにいられたのも、佐十郎のお蔭かもしれなかった。彼がそれを遣いたいと言うのなら、差し出すしかないだろう。

「さて」

佐十郎は、猪口を置いて坐り直した。

「寝るとするか」

おりきは小さくうなずいて、女中を呼ぼうとした。寝むには、部屋の中を片付けねばならなかった。

が、佐十郎は、面倒くさそうに「まだいい」と言った。

「すまないが、今夜は別の部屋に寝ておくれ。わたしは、そのほかにも少し考えたいことがあるんだ」

はい、と、おりきは答えたつもりだったが、声にはならず、佐十郎は同じ言葉を繰返した。

翌日、間もなく夕暮れ七つの鐘が鳴るという時だった。

黒いものが庭を走ったような気がして、縁側へ出ると、植込の陰でしきりに手招きをしている者がいる。闇がおりてくるにはまだ早い時刻だが、立木の影で顔がよく見えず、おりきは踏石の下駄をはいた。

早く来てくれというように、手招きをしている者が中腰になった。まさかと思ったが、やはり弟の伊与吉だった。

「何をしているの、みっともない」

あたりを見廻しながら押し殺した声で叱りつけるおりきに、伊与吉は、「助けてくれ」と手を合わせた。

女房のおなみと喧嘩をし、飛び出してきたというのである。

「おなみもわたしを追ってくるようだから、おっつけここへ来るだろう。でももう、当分あんな顔は見たくない。頼むから、姉さん、店先で追っ払っておくれ」

「そりゃね、どうしてもと言うなら追い返さないでもないけれど。いったい何があったの？　それを話してくれる方が先ですよ」

伊与吉の口が急に重くなった。が、それで、おおよその見当はついた。

「女の人ね」

「そんなところさ」

「困った人達ねえ」

おりきは、大仰に溜息をついた。

「そんなことで喧嘩をして、しかも旦那様が逃げ出してくるなんて。お店の人達の手前もあるじゃありませんか」

「逃げ出したわけじゃない、面倒くさくなったから飛び出しただけだ」

「同じことですよ。浮気をするのなら、もっと上手になさいな」

「わたしの女房は、姉さんのようにおとなしくないからね」

伊与吉は、首をすくめて言った。

「姉さんだったら、相手がどんな女かわかっても知らぬ顔をしてくれるだろうが。昨日、女と汁粉屋の奥座敷にいるところを、おなみに見つけられちまったんだよ」

「みっともないことを」

思わず、おりきの声が高くなった。

仮にも酒味醂問屋の主人夫婦ではないかと、おりきの怒りはおなみに向けられる。汁粉屋は、ひそかに会わねばならぬ二人に奥座敷を貸してくれるところだが、甘いものを食べに寄った客も大勢いただろう。いくらはっきりと物を言わねば気がすまぬからといって、そこで伊与吉に恥をかかすようなことをしなくともすんだ筈だ。

そういえば昨日、おなみは不機嫌だった。裏木戸の前でおりきと出会った時、急用ができたと言ったのは、汁粉屋へ駆けつけて逢引を中止させることだったのかもしれない。

いずれにせよ、おなみは女へ泥棒猫(どろぼうねこ)のような真似(まね)はよしてくれとはっきり言い、女は泥棒猫と罵(のの)しられた口惜(くや)しさに泣いて、伊与吉は、ただおろおろとしていたにちがいない。それを、汁粉屋の女をはじめ、大勢の客が、とめに入った方がよいのか、笑っていればよいのか、戸惑いながら眺めていたのだ。

脳裡に浮かんだそんな光景に注意を奪われて、おりきは、佐十郎が縁側へ出てきたことに気づかなかった。

「おりき」

あわてて伊与吉の背を丸めさせたが、間に合うわけはなかった。佐十郎は、苦笑しながら踏石へ降りてきた。

「おなみさんが店におみえだよ。客間へご案内するよう小僧に言いつけてきたが、あとはどうするえ?」

おりきが答えるより先に、覚悟を決めたらしい伊与吉が立ち上がった。

「申訳ありません。すぐに連れて帰ります」

「ま、そう言いなさらずに。喧嘩なら仲裁役がいるし、おなみさんも人の家で茶を飲でいるうちに、喧嘩をしているのがばかばかしくなってくるかもしれません」

「いえ、仲裁でおとなしくなる奴ではございませんので」

それじゃ、どうしてここへ逃げて来なすったんですよ。

おなみの声だった。伊与吉の声を聞きつけて、客間へ入らずに縁側へ出てきたらしい。

途方に暮れたような顔でおなみを追ってきた小僧を、佐十郎が店へ帰した。

おなみはおりきへ向って軽く頭を下げ、縁側に膝を揃えて坐った。挺子でも動かぬように、おりきには見えた。

おりきの方も、いつの間にか伊与吉をかばうように両手をひろげている。伊与吉は、その手を押しのけて縁側へ歩いて行った。

「およしなさいな、伊与さん。うちの人はともかく、お店の人達に喧嘩の声が聞えたらどうするの」

「今更隠してもしかたがありませんよ」

伊与吉に駆け寄ろうとするおりきを、おなみが言葉ではねつけた。

「店中のお人がもう、私達のことを知っていなさいます」

「だからといって、ここでまた喧嘩をするなんて」

「喧嘩、喧嘩と言われますけど、私は、うちの人と喧嘩をした覚えなど、これっぽっちもないんですよ」

伊与吉の陰になったおりきを、おなみの視線が追ってきた。

「私は、うちの人に、片方だけの浮気はしないでくれと、口を酸(す)っぱくして言っているだけなんです」

「片方だけの浮気?」

「ええ」

おなみは、伊与吉へ視線を戻した。

「幾度も頼んでいるじゃありませんか。私だって、遊ぶなと言いはしない。けど、お前さんにあれほど夢中になっている人とは、遊んでもらいたくないんです」

おりきは、思わず佐十郎を見た。佐十郎は、まったく他人事(ひとごと)のように腕を組み、もっともらしい顔でおなみの言葉にうなずいていた。

「お義姉(ねえ)さん。お義姉さんも、そうはお思いになりません?」

佐十郎を見つめているおりきの視線の間へ、おなみのそれが割り込んできた。

「うちの人も浮気、向うも遊びなら何も言いません。うちの人も向うも本気なら、わたしが身を引かねばならないような、すったもんだがあるかもしれませんけど、それも我慢します。でも、向うが亭主も子供も捨てると言っているのに、うちの人はただの浮気だなんて、そんな」

おなみの言葉も、さすがにそこで途切れた。

おりきは、まず弟を見た。伊与吉は、忙しなくまばたきをしながら、耳や衿首をかいていた。

「伊与さん。お前、ほんとうに亭主も子供もいるお人と」

「口説かれちまったんだよ」

と、伊与吉が言った。

「抱いてくれなけりゃ死んじまうって言うから、人助けだと思って」

「伊与吉さんの負けだな」

佐十郎だった。佐十郎は腕組みをとき、穏やかな表情で伊与吉を見た。

「おなみさんの言うことは、筋が通っているよ。伊与吉さんは、あやまるほかないな」

おりきの目の前に、目鼻立ちのきっぱりとした、いかにも気の強そうなおつゆの顔が通り過ぎた。おなみの言うことに理があり、伊与吉が手をついて詫びた方がいいとは、おりきも同感だったが、それを佐十郎がどんな気持で言っているのか尋ねてみたかった。

縁側の端に、手代の顔が見えた。佐十郎を呼びにきたのだが、少々異様な雰囲気を感じて遠慮をしていたらしい。

おりきの目配せで、佐十郎が手代を見た。手代は、その場に膝をついて言った。

「金三さんの娘御が、櫛の出来上がりを見てもらいたいと言って参りましたが」

「わかった。すぐに行くから、二階へ上がってもらっておくれ」

おりきは佐十郎の背を見つめたが、佐十郎はその視線の強さを感じもしないのか、伊与吉夫婦に挨拶をしただけで階段の方へ歩いて行った。

立ち聞きする気はまったくなかった。

いや、おつゆの声が聞えた時から、思わず立ち聞きをしてしまったと言い直した方がいいかもしれない。

取引先と商談をする二階の小座敷へ、おりきは、つめたい麦茶をはこんでゆくところだった。そこへ、少々昂ったおつゆの声が聞えてきたのである。

「わたしに買ってきてくれた貝殻細工の箱なら、商売物にしても大当りするって、そう言ったのはわたしじゃありませんか」

わかっているよと言いながら、佐十郎は、おつゆの手をとったにちがいない。払いのけるような気配がして、佐十郎が面白そうに笑った。

「そのことでゆっくり話をしたいから、二、三日泊ってゆくと言ったくせに」

「わたしが干鰯の商売もしているのは、はじめっから知っているじゃないか。近いうちに通町の店も繁盛させてみせるけれど、今は干鰯の商売をうまくやらないと、共倒れになっちまうんだよ」

「いつも、そんなことばっかり言って」

おりきは、そっと階段を降りた。「今夜、来てくれなさいますか」と言っている、おつゆの声が追いかけてきた。

佐十郎が何と答えたかはわからない。が、そんな時に首を横に振る男ではなかったし、ましておつゆは、あの貝殻細工を商売物にするようすすめた女だった。

おりきは女中を呼んで、二階へ熱い茶をはこばせた。日本橋から歩いてきて、つめたいものが飲みたいにちがいないおつゆへ、そんな意地悪しかできない自分が情けなかった。

階段を降りてくる足音が聞えたのは、それから間もなくだった。おりきに挨拶をしたおつゆの声も、気のせいか、誇らしげに聞えた。

間違いなく佐十郎は出かけると、おりきは思った。半年以上も待ちつづけているおりきを家におきざりにして、あの若い娘と、ほかにどんな貝殻細工が売れるだろうかと相談し、これで商売繁盛だとはしゃぎながら床へもぐり込むのである。

おりきは、貝殻細工の箱を床に投げつけようとして、逆に貼りつけられている貝殻を撫でた。貝殻の潰れる音は聞きたくなかった。

そのかわりに、乱れ箱へ佐十郎の着替えを出した。今日の行先はわかっていると言いたい、おりきの精いっぱいのやきもちだった。

店は大戸をおろしたようだった。

佐十郎は、帳簿の束をかかえて居間へ戻ってきた。

ふいに涙がこぼれてきて、おりきは佐十郎に背を向けた。佐十郎が商売のことだけを考えていられるようにと、食べ物や衣類や蓄えのことなどにばかり気を配ってきた自分が情けなかった。もう少し商売に目を向けていたならば、おりきがおつゆより先に貝殻細工は売物になると気づいていたかもしれないではないか。

佐十郎は、泣いているおりきと乱れ箱の着替えを見比べて、怪訝な顔をしたが、すぐに涙と着替えの原因に気づいたようだった。

「ばか」

と、佐十郎は言った。

を見つめた。


「階段で、おつゆの話を聞いたんだろう」

そうではないと言いたかったが、嘘はつけなかった。おりきは、袂で顔をおおった。

「あの娘のところになんざ、行きゃしないよ」

袂は、顔と手の間から落ちていった。おりきは、涙のたまっている目で佐十郎を見つめた。

「どうした。行きゃしないと言っているんだよ」

「でも、あの貝殻細工は」

「ああ、あの娘が、商売にしたら面白かろうと言った」

「それなら」

「あの娘のところへ行ってもいいのかえ？」

佐十郎は帳簿へ目をやった。

筆をとって、心覚えらしい細かな文字を書き込んでいる。おつゆの頼みも、おりきの涙も、佐十郎にとってはもう、とるに足りないことのようであった。

が、おりきは、もう一言尋ねたかった。

おなみは、片方だけの浮気はやめてくれと言っていた。その気持はよくわかる。おつゆは、女房がいるとわかっている佐十郎に、本気で惚れたのではないか。それと知っている佐十郎が、おつゆの考えだけを本気で利用するのは、どう考えても不愉快だった。あとは浮気心のなせるわざだと言うのなら、どこかで安心はするものの情けなかった。

「心配をしなさんな」

おりきの胸のうちがわからぬらしい佐十郎は、上の空で答えた。

「お前にはわるいと思ったが、何せ向うが一所懸命だったし、金三の腕は欲しかったし」

「あの娘さんの考えまでもらいなすったじゃありませんか」

「なりゆきだよ。お前に泣かれるような仲じゃないんだ。嘘じゃない。貝殻細工の一件も、金がからんでいてね」

「ほんとうに？」

おりきは、佐十郎ににじり寄った。おつゆが金欲しさに佐十郎へ近づいたのなら、何も心配することはない。

佐十郎が帳簿から目を上げた。おりきを見て、口許（くちもと）をほころばせる。坐った時に衿（えり）もとをゆるませたのか、日焼けした胸もとものぞいていた。

躯中（からだ）を稲妻が走った。おりきは、自分が何をしたのかわからなかった。が、気がついた時には佐十郎の太い腕で押しのけられていて、畳へ仰向けに倒れていた。おりきは、佐十郎にすがりつこうとしたのだった。

「何をするんだ、いきなり」

と、佐十郎が言った。

「まだ、暮六つにもなっちゃいないんだぞ」

「すみません」

おりきは、自分のものとは思えないほど重くなった軀を俯伏せにした。火照っている頬に、畳がつめたく触れた。

「わかっているじゃないか。わたしはこの通り、いそがしいんだよ。が、そのお蔭で、何もかもが順調にいっているんだ」

佐十郎の声が、足許から這い上がってきた。

「お前のことは、有難いと思っているよ。でも、女にかまけていたら、わたしが駄目になっちまう」

おりきは、上半身を起こして佐十郎を見た。佐十郎は、たった今起こった小さな出来事などきれいに忘れたように、しきりに筆を動かしていた。

おりきは、裏木戸から外へ出た。

十七年間暮らした日高屋の庭木が、強い風に揺れていた。

おりきが裏木戸の外へ出たことは、女中達もめし炊きの男も、無論、佐十郎も知らなかった。おりきは居間で小僧の仕着せを縫っているものと、誰もが思っているにちがいなかった。

小走りに裏通りを過ぎて、上の橋のたもとに来た。

駆け抜けようと思っていたのだが、やはり足がとまった。

それならば、せめてふりかえるまいとおりきは思った。ふりかえれば、十七年間暮らした日高屋へ、戻りたくなるに決まっている。戻れば、あの佐十郎と、部屋だけは一緒に暮らすことになる。

おりきは、風のせいではなく、身震いをした。

あれから一月がたつ。

以来三十日もの間、おりきの軀の中ではいつも、女にかまけていてはわたしが駄目になるという佐十郎の言葉が転がっていて、おりきの気持を休ませることがなかった。

佐十郎を待って暮らすのは、もういい。

そう思う。

伊与吉の浮気はやんだようだが、佐十郎のそれは、やみはしない。おつゆには愛想をつかされるかもしれないが、また佐十郎の風貌にひかれる女とねんごろになって約束を破り、「女にかまけていては」とうそぶく筈であった。

「女にかまけるのが、あの人をだめにするというのなら」

わたしも一人で生きてやる。

おりきは目をつむった。清住町で見た『御雇人口入所』の看板が見えていた。

おりきは、震える足を踏みしめて橋を渡った。

十市と赤

西條奈加

西條奈加（さいじょう・なか）
一九六四年北海道生まれ。二〇〇五年に「金春屋ゴメス」で日本ファンタジーノベル大賞を受賞しデビュー。一二年に『涅槃の雪』で中山義秀文学賞、一五年に『まるまるの毬』で吉川英治文学新人賞、二一年に『心淋し川』で直木賞を受賞。著書に『九十九藤』『銀杏手ならい』『猫の傀儡』『亥子ころころ』『せき越えぬ』『わかれ縁』『無暁の鈴』『曲亭の家』『雨上がり月霞む夜』、「善人長屋」シリーズなど。

その日、懐かしい顔がオレを訪ねてきた。

「久しぶりだな、ミスジ。おれを覚えてるか？」

「デンじゃねえか！　よく訪ねてきてくれたな、何年ぶりだい？」

小さいころ、同じ野っ原で育った野良仲間だった。

猫町のとなり町――オレたちは尻尾町と呼んでいる。猫町を猫の胴に見立てると、となり町は長い尾のように五町も続いているからだ。

その尻尾町の先っぽに、大きな鍛冶屋があって、その裏手に鍛冶っ原と呼ばれる空き地があった。オレもデンもそこで生まれ、乳離れもそこそこに親はどこかに行っちまったから、その後は勝手に育った。デンの方が少し生まれが早く、血は繋がってねえが兄弟みたいなもんだ。

くすんだ黒ブチに、鼻がちょっと潰れたみたいに寸足らずで愛敬がある。

「かれこれ、二年は経つんじゃねえか？　ミスジは三月ほどで、猫町に移ったからな」

「そんなになるか……すっかり無沙汰をしちまったな」

「猫同士なら、めずらしくもねえや。てめえの通う餌場より外には、滅多に出ねえからな。それより、おめえが本当に傀儡師になったときいて、それっぱかりは驚いたよ。おれも昔なじみとして、鼻が高えや」

デンは心から喜んで、遅まきながらと祝儀までくれた。なかなかに立派な鰹節の欠片を、オレはありがたく頂戴した。

「鍛冶っ原の皆は、達者でいるかい？　赤爺なんぞはどうだい？」

と、デンの顔が急に曇った。赤茶に中途半端な縞の入った猫で、赤爺と呼んでいたくらいだから、すでに当時からけっこうな年寄猫だった。

「もしかして、くたばっちまったのか？」

「いや、まだ長らえちゃいるが、そろそろ危ねえ」

「そうか……あの爺さんも、いい歳だからな」

「実はな、ミスジ。今日、おめえを訪ねてきたのは、赤爺のためなんだ」

デンはらしくない神妙な顔つきで、そう切り出した。

猫は人や犬と違って、群れを作らない。一匹狼って言葉があるそうだが、狼も犬の仲間だ。むしろ一匹猫にすべきだと、猫仲間のあいだではよくささやかれる。

野良ならなおのこと、同じ原っぱに住んでいても、てめえのことで手一杯だし、よけいな構い立てはかえって迷惑がられる。我関せずを決め込むのが常だったが、赤爺だけは違った。

決してあからさまに、世話をするわけじゃない。ただ赤爺は、オレたちのことを気にかけてくれていた。オレもデンも、仔猫のうちに親がいなくなった。あのまま放っておかれたら、てめえで餌をとれなくて飢え死にしていたかもしれない。

たとえば、こんなことがあった。

大きな蛙を見つけたものの、食い物だなんてとても思えなくて、オレとデンは恐れをなして陰からようすを窺っていた。そこへ赤爺がやってきて、さっさと蛙をしとめ、オレたちの前で旨そうに食いはじめた。よだれを垂らしながらながめるオレたちを尻目に、食い終えると満足そうに立ち去ったが、後にはちゃんと蛙の後ろ肢が一本ずつ残されていた。蛙が食えるということも、その仕留め方も、赤爺から教わったようなものだ。

虫やトカゲや雀の捕まえ方も、店先からの魚のくすね方も、そんなふうにして赤爺は、わざわざオレたちの目の前で披露してくれた。

それが爺さんのやさしさで、野良猫には滅多に見られない温情だったと気づいたのは、大人になってからだ。いたって無愛想な爺さんで、ろくに口をきくこともなかったが、一度だけオレは爺さんのところに行って、その問いを投げた。

「なあ、爺さん。傀儡師ってのは、どうしたらなれるんだい？」

「傀儡師だと？　なんだってそんなことをきく？」

「オレ、ずっと前に傀儡師に助けられたんだ。親がいなくなってすぐのころ、烏に襲われたときにな」

そのとき助けてくれたのが、猫町の先代傀儡師、順松だ。順松がどうしてあのとき、となり町にいたかはわからない。となりと言っても、尻尾町はとかく横に長い町だから、鍛冶っ原から猫町までは軽く五町は離れている。ただ傀儡師は、並みの猫にくらべれば、かなり遠くまで出歩くことができる。それはたしかだ。

オレはまだ新米だから、たまに遠出をしても十町ほどがせいぜい——この神田米町から、日本橋の袂くらいのものだが、順松はそれより三倍は歩を稼いでいたと、修業時分に傀儡師の師範代からきいたことがある。北は上野や浅草、南はお城の庭が途切れる辺りまで、大川すら越えていたというからたいしたものだ。

もちろん、そんな仔細なぞ何も知らなかったが、あの雄々しい姿だけはしきりとオレを駆り立てた。

「オレもあんなふうになりてんだ。いつか他の猫を助けられるような、そんな奴になりてんだ。なあなあ、どうすりゃ傀儡師になれるんだ？」

「この町には、傀儡師はおらんからな。ここにいても、傀儡師にはなれんよ」

「んなこと知ってらあ、だからきいてんじゃねえか」

「間違いなく傀儡師がいるのは、猫町くらいか……」

「猫町に行けば、傀儡師になれるのか？　猫町って、どこにあるんだ？」

しつこい問いに閉口するように、赤爺はやれやれとため息をこぼした。

江戸には多くの傀儡師がいるが、それでも八百八町と言われる各町にいるわけではない。

もともと人が線引きした町と、猫の縄張りにはずれがある。実はオレたちが猫町と呼んでいる場所も、一丁目から三丁目まである米町とはぴたりと重ならず、ちょうど横に長く伸びた猫の、髭や尻尾や前脚みたいに、ぴょこぴょことはみ出ている。便宜上、髭町とか尻尾町とか、仲間内では呼ばれていた。鍛冶っ原は町の端っこにあたり、猫町へは横に長い尻尾町を何町も越えなくてはならない。大人ならまだしも、仔猫では辿り着くのも楽ではないと赤爺はまず言った。

「たとえ猫町に首尾よく辿り着いたとて、容易く傀儡師になれるものではないしな。まずは傀儡師の頭領に会い、才があるかどうか見極めてもらわねば。それからようやく修業を許される」

「ずいぶんと、面倒なものなんだな」

「まだまだ序の口だ。修業は何年も続き、修業したからといって、必ずなれるという
ものでもない。むしろ傀儡師になれるのは、ほんのひと握りだ」

「うへえ、きいてるだけでかゆくなってくらあ。ミスジ、おれはそんなのご免だぞ」

赤爺のもとに一緒につき合ってくれたデンは、たちまち悲鳴をあげた。それでもオ
レは、あきらめたくなかった。あのときの順松の背中が、目に焼きついていたからだ。

「赤爺、猫町への行き方を教えてくれ。ひとまず、行ってみるだけ行ってみる」

「本気か？　ミスジ。下手をすりゃ、二度と鍛冶っ原には戻れねえんだぞ」

デンは止めたが、オレの決心は変わらなかった。赤爺はオレの覚悟を量るように、
目玉を線のように細くして、じっとオレの顔を見詰めていたが、やがて南の方角を顎
で示した。

「この原からあっちの方角へ、道を三本行くと、大きな魚屋がある。知っているか？」

「オレの餌場より遠いが、二、三度、行ったことがある」

「魚屋の前の広い道を、日の沈む方角にまっすぐ行けば、やがて猫町に入る」

「わかった。魚屋の前の広い道だな？」

「猫町へ首尾よく辿り着いたら、まず名護神社へ行け。傀儡師の頭領は、そこにいる」

思わず尻尾が、ぴんと立った。

オレは翌朝、デンや赤爺に別れを告げて、鍛冶っ原を後にした。

赤爺の知恵は、あちこちの猫からききかじった噂の、寄せ集めだったのだろう。細かなところは違っていたが、おかげで名護神社には辿り着けた。ただし頭領に会えたのは、ふた月も経ってからだ。

傀儡師の頭領は、東国各地を渡り歩いている。猫町に来るのは、せいぜい年に一、二度だときかされて、最初はがっかりした。気をとりなおしたのは、恩人の順松に出会えたからだ。順松はオレに礼を言われても、きょとんとしていたが、烏ときいて思い出した。

「そうか、あのときのチビか。あんな些細を覚えてるなんて、猫らしくねえが、傀儡師には向いてるかもしれねえな」

そのひと言が、後々までオレの支えになった。

やがて頭領が猫町にやってきて、弟子志願の者は十匹ほどもいたが、オレともう一匹だけがえらばれた。頭領はひとつの場所に長居できない。そのかわり猫町には、人でいう師範代にあたる者がいる。オレは兄弟子のテツなんかとともに、師範代のもとで修業に明け暮れたが、オレと一緒に入った奴は、一年もせぬうちにやめていった。引き止めようとするオレに、そいつは言った。

「おれにはとても務まりそうにないし、何よりもあの定めはきつい。あんな掟は、猫はもちろん、人や犬ですら耐えられっこねえよ。おれはやっぱり、あたりまえの猫として、一生をまっとうしたい」

春爛漫(らんまん)、真っ盛りのころだ。だからよけいに止めようがなかった。

傀儡師は、子を生してはならない——。

それが傀儡師に課せられた、たったひとつの、重い枷(かせ)だった。

子を生すためには、雌を射止めねばならないが、これにはとんでもなく多くの力を注ぎ込むことになる。洒落(しゃれ)ではないが、そっちに精を出せば、どうしても仕事はおろそかになる。傀儡師は、一時たりとも気を抜けない。盛りにうつつを抜かしているようでは務まらない役目だった。これは何も、雄ばかりじゃない。数は少ないが、傀儡師には雌もいる。雌もやはり、子を産み育てることをあきらめねばならない。

人で言えば、出家と同じだ。ただ坊主や尼さんにも、掟破りはいくらでもいる。実を言えば兄弟子のテツは、師範代に隠れて、ちょこちょこつまみ食いしている。オレがテツをさし置いて傀儡師になった理由(わけ)には、たぶんそれもある。頭領の眼力は、一切を見逃さないと評判だからだ。

けれど若いオスならなおさら、てめえの盛りを抑えるなんて至難の業だ。オレも未だに、春先になると尻がむずむずして落ち着かない。誰にでもできることではなく、またオレの同輩みたいに、まっとうな人生、もとい猫生を送りたいと願う者もいる。それも道理だ。

そういう一切を含めて、オレが修業に耐えられたのは、やはり順松がいたからだ。オレは決して、順松から直に、傀儡師の技を教わったわけじゃない。ただ、身近に順松という何よりの手本があったからこそ、迷いや不安を払いのけ、修業に打ち込むことができたんだ。

そして、順松への——傀儡師への道を開いてくれたのは、赤爺だ。

餓鬼のころ世話になったばかりじゃなく、オレは何よりそれを有難いと思っている。

赤爺の難儀なら、何としても力になりたいと、オレはデンに請け合った。

「実はな、難儀な目に遭ったのは、猫じゃなく、人なんだ」

「人だと？」

「十市って男で、爺さんの馴染みだ。それだけじゃなく、十市の難儀には、爺さんも絡んでいてな」

「詳しく、話してくれ」

オレはデンに、仔細を促した。

「つまり、尻尾町の風呂屋の主人が大怪我を負って、その咎人として、鍛治っ原の近くに住む、十市という男が捕まったということか」

猫はもともと、順序立てて語れねえ性分だ。あっちこっち回り道をしながら、デンの話の筋道がようやく見えてきた。

「ミスジはこの話、知ってたか？」

「かわら版に出たからな、阿次郎が長屋で読んでいた。阿次郎ってのは、オレの傀儡でな」

阿次郎は、かわら版のたぐいは欠かさず手に入れる。狂言作者の話種としちゃ、何よりだとのたまっているが、まだひよっ子以前の卵に過ぎない。ただ、傀儡師のオレですら、字はほとんど読めない。阿次郎はかわら版を片手に、べらべらと中身を語ってくれるから、なかなかに重宝していた。

尻尾町の風呂屋、『三島湯』の主人が、寺の境内で襲われたのは三日前、夜五ツを だいぶまわったころだった。人は猫のようには刻を計れないから、日没を過ぎてから鐘を六つ撞き、それから一刻して鐘を五つ鳴らすのだ。

　騒ぎをききつけた寺男が番屋に届け、一日経った昨日、かわら版に書き立てられた。阿次郎の能書きによると、そのとき旦那と一緒に境内にいた男がお縄になったというから、それが赤爺の見知りの十市のようだ。

　十市が咎人なのは、ほぼ間違いなしとされているが、調べはいまひとつ進んでいない。

「なにせ奴は、間抜けの十市と称されている。知恵は十の子供にもおよばねえし、言葉も覚束ない。何をたずねても、やってねえの一点張りで、泣きわめくばかりだそうだ」

　ふうん、とそのときは、気のない返事をした。

「赤爺は、半年くらい前からからだが利かなくてな、獲物がとれなくなっちまった。おれはもちろん、気づいたときには爺さんの塒の前に餌を運んだりもした。けど、毎日とはなかなかいかねえし、爺さんにもよけいな世話だと、いい顔をされなくてな」

　これも猫だから、仕方ない。爺さんを気にかけちゃいても、餌を前にすると、うっかり忘れてぺろりと食っちまう。何より猫は、弱った姿を悟られるのを嫌う。家猫ですら、飼い主から身を隠しちまうほどだ。

猫の誇り高さを示すものだと、勘違いする者もいるが、ただの昔の名残に過ぎない。オレたちはもともと、一匹だけで狩りをする生き物だ。己が弱っているとまわりに知れれば、たちまち餌食にされる。的にならないよう隠れているのが賢いやり方で、傷や病が治らなければ、塒としたその場所で死に絶えることになる。

　赤爺もまた、老いか病か、その両方か。自らの衰えを感じて、鍛冶っ原の外れにある藪の中に、籠もることが多くなった。

「ところがな、おれ以外にも爺さんを気遣う者がいてな」

「それが十市というわけか」

「毎日欠かさず、ちょうど日暮れから二度目の鐘のころにやってきて、爺さんに餌をくれていた。最初はな、たれをつけた焼き魚だったり、甘辛い煮つけだったたんだが、辛すぎると言って、爺さんはほとんど口をつけなかった」

「あれでけっこう、食い物にはうるせえからな」

　つい、苦笑いが出た。猫は塩辛い味を好まないし、爺さんに限らず、食い物にこだわりをもつ猫は多い。野良は飼い猫ほどは奢ってねえが、赤爺は気に入らぬ餌は食べなかった。

「そのうちな、十市も学んだみたいでよ、出汁をとった後の鰹節とか、焼く前の生の魚の頭なんぞを運んでくるようになった」

　十の子供におよばない知恵で、十市は懸命に考えたのだろう。年老いた野良など、構っても無駄だとか、大人らしいあたりまえにも気づかずに、ただ弱った赤爺に、少しでも食べてもらいたいと、十市はあきらめずに鍛冶っ原に通い続けた。

「あまりにしつこくて根負けしたと、爺さんはぼやいていたが……案外、嬉しかったんじゃねえかな」

　デンは妙にしんみりとした顔で、そう語った。

　ともあれ、半年近くのあいだ赤爺が長らえたのは、紛れもなく十市のおかげだった。

「猫らしくねえが、恩に報いるために、十市を助けたいということか」

「いや、それっぱかりじゃねえんだ。風呂屋の一件には、爺さんも絡んでいてな」

「そういや、さっきも言ってたな……どういうことだい？」

　塒から、ろくに出歩くことさえままならない赤爺では、絡みようがなかろうと、オレは首をひねった。

「風呂屋が襲われたあの日、十市より前に、赤爺を訪ねてきた別の者がいた」

「別の者って……」

「人だ。十市とは別の奴が、赤爺を呼んだんだ。十市のいつもの呼び声とまったく同じ調子で、『赤、赤、出ておいで』とな」

いつもの声とは、少し違うような気がする——。赤爺もそれくらいは感じていたが、なにせ耳もだいぶ遠い。ひとまず藪の中から出てみたが、いきなり後ろから首根っこを押さえられて、身動きがとれなくなった。

「そいつはな、赤爺の首に紐を巻いて、立ち去った」

「紐、だと？」

「どうやらその紐に、十市宛ての文がくっついていたようだ」

文は爺さんの首の裏、背中側に結わえられていた。十市が来るまで、爺さんは文が括りつけられていることすら気づいていなかった。

『といちさま……これ、おれ宛てだ』

赤爺が紐をつけられてから、ほどなくして、いつもどおり五ツの鐘が鳴った後、十市は現れた。赤爺の首に巻かれた紐にびっくりしたが、紐を解いてやり、結ばれていた文に気づいた。文を広げ、十市はそれを声に出して読んだ。

「文には、何て書いてあったんだ？」

「おれたちは傀儡師と違って、人の言葉はあまりききとれねえ。爺さんにわかったのは、ひとつだけ。『亀寺』だ」

亀寺は尻尾町にある寺で、本当はちゃんとした名があるが、人にも猫にも亀寺で通っていた。本堂の脇の池に、亀岩という大きな岩があって、そこにお札を貼ると、病に効くという謂れがあるからだ。風呂屋の旦那が襲われたのは、亀寺の境内だった。

「つまり十市は、誘い文に釣られて寺に行き、咎人に仕立て上げられた。本当の咎人は、赤爺に紐をつけた奴だと……そういうことか？」

「少なくとも赤爺は、そうに違いねえと言ってきかねんだ」

デンがわざわざこんな遠くまで、オレを訪ねてきた理由がようやく呑み込めた。

たしかに、こいつを始末できるのは傀儡師だけだ。ただ正直なところ、オレですらどうすりゃいいのか、うまい考えが浮かばない。それでも赤爺の無念と、デンの志を無下にはできない。

「デン、赤爺に伝えてくれ。爺さんの頼みは、猫町の傀儡師ミスジが、たしかに引き受けたとな」

　精一杯の見栄だったが、デンは嬉しそうにニャアと応じた。

「さて、どうしたもんか……唯一の利は、阿次郎が風呂屋の件を知っている。それだけだが、それだけじゃなあ……」

何の策も思いつかぬまま、ひとまず阿次郎の暮らす、おっとり長屋へと足を向けた。

「こんにちは、ミスジさん……何か、心配事ですか？」

こうまで難儀に思えたのは、傀儡師になって初めてだ。それが顔に出ちまったんだろう。長屋で迎えてくれた白い仔猫にすぐに気づかれたが、子供に愚痴(ぐち)を言ってもはじまらねえ。

「いや、たいしたことじゃねえ。それより、阿次郎はいねえのか？」

「お父さんなら、さっき朝餉(あさげ)を食べに出かけましたから、すぐに戻ると思いますよ」

「朝餉って、あと一刻で昼じゃねえか。相変わらずのぐうたらぶりだな」

「でも、あたしのご飯は、忘れずに食べさせてくれます。今日はお向かいのおかみさんから、猫まんまをいただきました。鯵(あじ)の尻尾つきです」

飼い主の阿次郎を、お父さんと呼ぶようになったユキが、嬉しそうに語る。ユキがここに来て、まだ十日も経ってないが、おっとり長屋の者たちからも可愛がられているようだ。

「そういえば、ミスジさん。ひとつ、ききたいことがあるんです。先代の傀儡師の方は、あたしのお母さんと同じ名でしたよね？」

「ああ、そうだ。おまえの元の飼い主と同じ、順松というんだ」

「その方は、どうして順松という名に？」

ふいに問われて、面食らった。名の謂れなぞ、きいていない。

「そいつはわからねえが、たぶん、飼い主からもらったもんだろう。人みてえな名だし、順松の兄貴は、てめえの傀儡と一緒に住んでいたからな」

順松も生まれは野良だが、傀儡師になってからは、その方が便が良かったのだろう。傀儡とされた男の、飼い猫になった。

「その飼い主は、どういう方ですか？」

「どうって、ごくあたりまえの隠居でな。ただ、隠居にしては、ずいぶんと若かった。歳のころは、まだ三十半ばってとこか。名は時雨（しぐれ）といった」

「しぐれ？　変わったお名ですね」

「本当の名じゃなく、何だっけ……ああ、たしか号というやつだ。人には本当の名の他に、仕事や芸道にちなんだ別の名をもつ者もいてな。順松の傀儡は、根付師（ねつけし）をしていたんだ」

職人ではなく、あくまで隠居の楽しみの域だが、隠居後は根付師として、時雨と名乗っていた。家業の店は、別の町にあるそうだが、時雨は名護神社からほど近い小さな一軒屋に、ひとりで暮らしていた。家を訪ねたことはないが、傀儡と一緒に町歩きする順松の姿はたびたび見かけていたし、いっぺんだけ、時雨に話しかけられたこともある。

『順松の仲間かい？　額の三筋が見事だねえ。ひとつ、おまえを写した根付でも、拵えてみようかね』

野良には手を出してはいけないと、心得ているのだろう。オレをしげしげとながめ、にこりと微笑した。順松の兄貴は侠気にあふれていたが、時雨は逆に線が細く、やさしい面差しをしていた。

時雨もまた、順松と一緒に、猫町から消えてしまった――。

つい、気落ちが肩に出ちまったが、オレの物思いはユキのひと言であっけなく破れた。

「もしかしたら、その時雨さんは、あたしのお母さんの思い人かもしれません」

「何だって？　どっからそんな突拍子もねえ話に……」

「はっきりとは言えませんけど……時雨という名は、きいたことがないし」ユキはそう、前置きした。「ただ、お母さんのもとに、文が届くことがあったんです。あたしがいたあいだに、たしか三べんくらい」

ユキは生まれて半月もしないうちに実の母親とはぐれ、順松という名の芸者に拾われた。ユキが母さんと呼ぶのは、その順松だ。ユキが一緒に暮らしたあいだに、三度便りが届いたというなら、かなりマメに文をやりとりしていたのだろう。

「お母さんは、その人が好きなんだなって思いました。文を開くとき、とても嬉しそうに、頬(ほお)を染めてましたから」

同じ相手からの文だと感づいたのは、その理由からだとユキは言った。

「で、その文を読んでから、お母さんがあたしに言ったことがあったんです。お母さんの他に、別の順松がいるって」

「本当か？　それが順松の兄貴だってのか？」

せっかちにたずねるオレに、ユキは母親の順松の言葉をそのまま伝えた。

『うちの順松も達者にしてます、ですって。あたしと同じ名をつけるなんて、おかしいわよね』

「すみません、すぐに思い出さなくて……てっきり人だと勘違いしていたので」

オレから順松の名をきいても、ユキがすぐに思い当たらなかったのは、順松という名の別人がいると思い込んでいたからだ。

「でも、それだけじゃ、お母さんと時雨さんが本当に見知りかどうか、わかりませんよね」

たしかに、あまりに不確かな話だ。それでも、順松の兄貴に繋がりそうな、細い糸のようにオレには思えた。とっくりと考えて、ユキにたずねた。

「文の差出人のことで、他に何か覚えていることはないか？　何でもいいから教えて……」

ユキをふり返り、初めて異変に気づいた。ユキは身を低くして、何かを一心に見詰めている。オレが呼んでも、返事すらしない。目は爛々と輝き、日頃とは気配も一変している。ユキが見ているのは、部屋に入り込んできた一匹の蠅だった。

止める間もなく、ユキが蠅に向かってとびついた。積んであった本の塔が、音を立ててくずれる。

男ひとりの長屋住まいらしく、この部屋には目ぼしい道具はほとんどないが、代わりに阿次郎が買いあさった書物のたぐいが、部屋中のそこかしこに積まれている。その何十もの塔が、ユキの後ろ肢に蹴とばされ、次々と倒されていく。

「おい、ユキ、やめろ！　てめえが潰されちまうぞ！」

叫んでも、蠅に夢中のユキには届かず、オレをめがけて降ってくる本をよけるのが精一杯だ。仔猫のうちはことに、狩りをしていた先祖の血が強くはたらく。猫の習いだから仕方がねえが、日頃は行儀よく大人しい猫だけに、その豹変ぶりには度肝を抜かれた。

さんざん蠅を追いかけて部屋中を走り回っても、肝心の獲物は捕まらない。ぶーんと呑気な音を立て、土間の方へと逃げていく。入口障子の脇にあいた一寸ほどの隙間から、蠅は外へと出ちまったが、ユキはそれを追って、えいやっ、と飛び上がった。ずぼっと音がして障子が破れ、障子の格子の中に、白い仔猫がすっぽりと嵌まった。ちょうど帰ってきた阿次郎が、障子戸の腰板に両手をかけるようにしてぶら下がる姿に、ぎょっとする。

「うお！　ユキか。どうしたんだ、こんなところに嵌まっちまって」

ユキを障子の穴から救い出し、家の中を覗いてさらに仰天する。ほぼすべての塔がくずれ落ち、その真ん中で茫然としているオレを認める。

「こら、ミスジ！　おまえがユキを追い回したのか？　ユキを苛めるようなら、金輪際、出入りを禁じるぞ！」

それこそ濡れ衣だ。その場は退散することにして、阿次郎の前を通り過ぎ、外に出た。

出しなにちらと、入口障子を見遣る。腰板のすぐ上に、ユキが開けた丸い穴がある。ユキを大事そうに抱いた阿次郎の姿と見くらべながら、そうだ、とひらめいた。

「すみません、ミスジさん……あたし、小さくて動くものを見ると、見境がつかなくなって……お母さんにも、よく呆れられました」

阿次郎の腕の中で、ユキがしょんぼりする。

「子供のやることに、いちいち目くじらは立てねえよ。ただ、今晩ちょいと、手伝ってくれねえか？　おまえに助けてもらえば、事が楽に運ぶんだが」

「もちろんです！　何でも言ってください！」

夜更けにもう一度来るからと言いおいて、おっとり長屋を後にした。

「さて、もう一方の下見でもしておくか……あとは夜更けに蠅が出ねえことを、祈るしかねえな」

昼間のうちに下見を済ませ、オレはその晩、もう一度おっとり長屋を訪れた。

月は南の空に、具合よく収まっている。満月には足りないが、灯りとしちゃ申し分ない。

うまくいくよう空に向かって祈り、ほとほとと入口障子をたたいた。オレの前足では、かすかな音しか立たない。それでもすぐに家の中から気配がして、障子にあいた丸い穴から、白い仔猫が覗いた。手短に、手筈を告げる。

「わかりました！」とユキは張り切って請け合ったが、障子の穴から白い顔が消えると、たちまち見当以上の派手な音が、長屋の内から響いた。

「わわ！　なんだなんだ？」

阿次郎が、とび起きた気配がする。ユキが布団のまわりを駆けまわり、昼間同様、本の塔を片っ端からくずしにかかっているのだろう。

「こら、ユキ、やめねえか。あいたっ！　おい、ユキってばよ」

オレは阿次郎を起こせと、言っただけなんだが……。けれどその後は、オレの手筈どおりにユキはやってのけた。まもなく白いかたまりが、鉄砲玉のように入口障子の穴を抜けて、オレの前にひらりと降り立った。昼間は穴に嵌まっちまったが、ちょいとからだを細くすれば、たいがいの隙間は抜けられる。

「これでミスジさんの濡れ衣も、晴れるはずです」

そんなこと頼んじゃいねえのに。猫のくせに、律儀(りちぎ)な奴だ。

「ったく、昼間のご乱行(らんぎょう)もおまえだったのか。小っちぇえくせに、とんだおてんばだ」

阿次郎がユキを追って、ぼやきながら長屋の外に出てくる。しかし閉じた長屋の木戸の下から、外へと這(は)い出す姿に、たちまち慌てふためいた。

「ユキ、勝手に外に行くんじゃねえ！　フクロウや他所(よそ)の犬猫に、襲われるかもしれねえぞ。道に迷って、帰ってこられなくなるかもしれねえぞ」

たしかに仔猫のうちはことに、遊びに出たまま迷子になることはままある。加えて阿次郎のユキへの入れ込みようときたら、見ていて鬱陶しいほどだ。そいつを、使うことにした。

「よし、上首尾だ。オレは先に行くから、後は頼んだぞ。つかず離れず、阿次郎が見失わないよう、うまく間合いをとってくれ」

はい、とユキが返し、同時に阿次郎が木戸からとび出してきた。ひらりとオレは、白と黒のからだを闇に紛らせる。

おっとり長屋は、猫町二丁目にある。露払い役を務めながら、三丁目の方角をめざした。

フクロウよりむしろ、鼠や羽虫の方が気がかりだ。ユキがまたぞろ夢中になったら、手がつけられない。表通りに出れば、ほぼ一本道だから迷子の心配はなかろうが、念のため道のところどころに、オレのにおいをつけておいた。

やがて目当ての自身番屋が見えてきた。その中に、十市が捕われていた。

自身番屋は各町に必ずあり、町と町との境を示す、町木戸の脇に据えられていた。

つまりオレたちが向かっているのは、尻尾町の自身番屋で、猫町の番屋は、一丁目のとっつきにあるというわけだ。自身番屋は、いわば町内の顔役たちの寄合所だが、もうひとつ役目がある。町内で咎人が出ると、まずは自身番屋に留めおかれる。ここで役人がとり調べ、大番屋という場所に移されて、さらに吟味がなされるそうだ。

本当なら、十市もとっくに大番屋に移されてもおかしくないのだが、なにせ子供のように泣くばかりで、さっぱり調べが進まない。襲われた風呂屋の主人は、幸い命をとりとめた。話ができるようになるのを、役人は待っているようだ。

「こっちだ、ユキ」

声を立てず、猫の言葉でユキを呼んだ。少し遠くに、追ってきた阿次郎の気配も感じる。

町境には木戸があり、柵で隔てられている。番屋は木戸の向こう側になるが、柵は商家までは届いていない。つまりは番屋と商家の壁のあいだには細い隙間があるということだ。

オレはユキを伴って、人ひとりがやっと通れるほどの、壁と壁の隙間に入り込んだ。隙間に入ってすぐ、番屋の後ろっ側にあたるのだが、高いところに格子の嵌まった明かりとりがあいていた。昼間のようすからすると、ユキは並みより足腰が達者なようだが、それでも仔猫では届きそうにない。

オレはユキの、首の裏をくわえた。猫の襟首のあたりは、ほとんど痛みを感じない場所なのだ。親猫が仔猫をはこぶ折も、もっぱら使われる。そのせいか、ここをつまれると大人しくなっちまう猫は多い。ユキもやはり、大人しくオレにぶら下げられている。

ユキをくわえたまんま、小窓に向かって後ろ足を蹴った。最初はしくじったものの、二度目はうまく小窓にとび乗ることができた。

「知らねえ奴だから怖えだろうが、猫好きで気のやさしい男だ。頼んだぞ、ユキ」

「平気です。ちゃんとお役に立ってみせます」

ユキが健気に請け合って、格子の隙間から、小屋の中にひらりと降りた。

中にいる男は、眠っていなかったのかもしれない。ニイ、とひと声鳴いただけで、すぐにユキをふり返った。それを確かめて、オレはとなりの商家の瓦屋根にとび移った。ここからなら、中のようすがよく見える。見越したとおり、かすかだが、月明かりが番屋の中にさし込んでいる。猫と違って、人は夜目がきかない。わずかでも大事な明かりになる。

「こら、おったまげた。おめ、どっから入ってきた？」

やや舌ったらずで、声も鈍重だが、耳を傾けるとどうにかききとれた。

「よしよし、こっち来い。怖くねえからな」

舌を鳴らして、右手をさしのべてユキを呼ぶ。十市の左手首には、鉄の鐶が嵌められて、鎖で壁に繋がれていた。ぴんと鎖を伸ばしても、ユキのいる場所には届きそうにないが、十市は犬猫を寄せる術を心得ていた。ユキはそろそろと近づいて、厚ぼったい手に抱きとられた。

「よおしよし、いい子だな……おめ、小っちぇえな。それにふわふわだ。まだほんの子供だな」

首の下をくすぐられ、ユキは気持ちよさそうに目を細めた。

思い出したのか、ぽつりと十市が呟いた。

「赤はどうしてるかな……」

「赤は、おれの仲良しでな。おめと違って小汚ねえ年寄猫だが、何とも可愛い奴でな……かわいそうに、いまごろきっと腹をへらしてる。もう餌もろくに獲れねえからな。おれが行ってやらねえと……もういっぺん、赤に会いてえなあ」

昼間、オレが下見にここに来たときも、同じ繰り言をきかされた。オレは中には入らず、小窓の向こうから十市をながめていただけだったが、十市はオレを認めると、やっぱり赤爺の話ばかり語っていた。

——こいつを、赤爺のもとに返してやりてえな。

昼間と同じに、そう思った。そのためには、オレの傀儡にひと働きしてもらうしかない。

「おーい、ユキー、どこへ行ったー」

阿次郎が小さな声で、懸命にユキを呼ぶ。十市から板戸を隔てた座敷には、自身番屋の番衆が詰めている。道を隔てた木戸番小屋にも人がいるから、声だけは精一杯はばかっている。たぶんどちらの番衆も、眠っているんだろう。幸い中からは、こそとも音がしない。

「ひょっとして、木戸を越えて、となり町に行っちまったのか？」

町木戸に張りついて、途方に暮れる。オレはできるだけ意地の悪い声で、ニアーゴと大きく鳴いた。

「……もしや、ユキが他所の猫に苛められているんじゃ……」
二、三度鳴いて、うまく阿次郎を、壁の隙間へと誘うことができた。
「ユキ、いるのか？　いたら返してくれ。ユキー」

オレの合図で、十市の膝にいるユキが、ニイ、と初めてこたえた。阿次郎がユキのために、からだを横にして、蟹のようになって壁のあいだに身を入れる。細い隙間にユキの姿はなく、やがて阿次郎は明かりとりに気づいた。爪先立ちをすれば、どうにか目が窓の上に出る高さだ。格子を両手でつかみ、伸びをして、中を覗き込んだ。

暗い番屋の内は、阿次郎には見通せないのだろう。声をすぼめるようにしてユキを呼んだが、中にいる男がごそりとうごめくと、阿次郎の肩がびくりとした。

「この仔猫、おめさんのか？」

かわりにこたえるように、ユキがニイと鳴く。目が慣れて、ようやく中のようすが見えてきたのだろう。相手が番屋に捕われている咎人と察し、阿次郎はごくりと唾を呑んだ。

「あ、ああ、うちの猫だ……返して、くれねえか？」

「ほれ、おめのおとっつぁんが迎えに来たぞ。行ってやれ」

案に相違して、十市の声はやさしかった。大きな手に尻を押され、ユキは窓の方へと歩いていったが、小窓にはとても届かない。窓の下から、ニイ、ニイ、と切ない声が響く。

「そうか、おめ、届かねえのか。困ったな……そうだ、もういっぺん、こっち来い」

十市はユキを大きな手にのせて、腕を小窓に向かって伸ばした。十市は、並みよりからだが大きい。手足も長く、その長い右腕を、懸命に阿次郎に向かってさし伸べる。

「ほれ、とべ。こっからなら、おとっつぁんに届く」

「ユキ、おいで。怖くねえからな、とんでみろ」

ユキは阿次郎の肩越しに、オレを見ている。オレがうなずくと、えいっと小窓に向かってとんだ。見当より、よほど速かったのだろう。阿次郎がのけぞって、背後の塗壁に頭をぶつけながら、どうにかユキを片手に抱いた。

「ユキ、よかった……心配したぞ。冗談じゃなく、寿命が三年縮んだぞ」

阿次郎がユキにほおずりする。もう一度背伸びして、世話をかけたな、と礼を述べた。

「……あんた、何やらかして、ここに入れられたんだ?」

なんの、と十市が笑った気配がした。

「おれ、何もしてねえ」

「何もって、何かしたから、番屋に籠められてんだろ?」

「おれ、何もしてねえ。風呂屋の旦那を、殴ったりなぞしてねえ」

「風呂屋……ああ、かわら版に載っていた、あれか。咎人の名は……たしか十市だ」

「おれ、何もしてねえ。旦那を殴ったりしてねえよ」

もう何十ぺんも、役人の前でくり返したのだろう。言葉が舌に貼りついてるみたいに、十市は同じ台詞（せりふ）だけをくり返す。

「だが、おめえさん、となり町の亀寺で、旦那と一緒にいたんだろ？」

「一緒になぞ行ってねえ。おれは赤のために、亀岩に札を貼りに行ったんだ」

え？　と思わず、耳がぴんと立った。そいつはオレも初めてきく。デンの話には、お札なぞ出てこなかった。

「アカってのは？」

「おれが毎日会いに行ってた、赤茶の猫だ。もうよぼよぼの年寄猫で、でも本当に可愛い奴なんだ」

十市がまた、ひとしきり赤爺について語る。十市は毎日、三島湯で薪割（まきわ）りをして、日暮れに仕事を終える。雇い先でひとっ風呂浴びてから、飯屋に行き、飯を食って酒を呑む。それから鍛冶っ原に行く。鍛冶っ原は、長屋までの道の途中にあるからだ。まわりくどい十市の話に、辛抱強く耳をかたむけ、ひととおり終わったところで阿次郎がたずねた。

「で、亀岩の札ってのは？」

「赤の首に、結わえてあった」

「何だと？　そりゃ、どういうことだい？」

デンより何倍も長い時をかけて、オレがきいたほぼまんまを十市が語る。ひとつだけ漏れていたのは、やはりお札だ。文と一緒にお札が包まれていて、亀岩に貼れと文には書かれていた。

「札を貼れば、赤が息災になるって」

「文には、そう書かれていたんだな？」

「うん。だからおれ、うんと急いで亀寺に行った。だけど亀岩には、お札を貼れなかった」

「どうして？」

「石段を上がっていると、変な声がして……境内に旦那が倒れてた。一所懸命呼んだけど、旦那は目を開けなくて……それから寺の衆が来て、それから番屋の衆が来て、おれがやったんだろうって……おれ、何もしてねえよお」

十市がぐずぐずと、洟をする。

「もういっぺん、おさらいするぞ。馴染みの猫の首に、文と札がついていた。それであんたは、あの晩、亀寺に行った。三島湯の旦那が来ていたことは、まったく知らなかった。そういうことだな？」

「うん」

「旦那のもとに駆け寄ったとき、他に誰かいなかったか？　誰か逃げる人影なぞは見なかったか？」

「んーん」

からだのでかい十市が石段を上れば、足音が響く。十市が駆けつけるより前に、逃げちまったんだろう。一方の十市も、倒れている旦那の姿で頭がいっぱいになって、まわりには気がまわらなかったようだ。

「お札貼ってねえから、赤が心配でならねえ……もういっぺん、赤に会いてえなあ……」

十市が泣きながら、心残りをくり返す。

「会わせてやる」

ふいに阿次郎が言った。その背中は、ひどく怒っている。

「あんたをこっから出して、もう一度、赤に会わせてやる」

「兄さん、ほんとか？」

「できるとは、言わねえ。だが、そうしねえと収まらねえ。こんな子供みてえな奴を騙して、濡れ衣を着せるたあ、理不尽にもほどがある」

さすが頭領がえらんだ傀儡だ。猫のためだろうが人のためだろうが、てめえ以外の者に懸命になれる。そういう奴でなければ、傀儡は務まらない。まあ、それだけ暇だとも言えるが――。

「おい、誰かいるのか！」

話し声か、十市の泣き声か。番屋の見張り番に感づかれたようだ。自身番屋からふたりの張り番が出てきて、壁と壁の隙間を覗き込んだ。

いけね、と阿次郎が首をすくめ、ひとまず十市に別れを告げる。

「お騒がせして、すいやせん。うちの猫が、この隙間に入り込んじまって」

ことさら明るい声を出し、ユキを抱いた阿次郎が、入った方とは逆の側に這い出してへいこらする。

「猫だと？」

「へい、こいつでさ」と、ユキを見せる。

「ほう、可愛いじゃねえか」と、片方の張り番が、はずんだ声をあげた。

「へへ、そうでござんしょ？　うちの自慢の娘でさ」

ひとくさり猫自慢をして、張り番の機嫌が直ると、阿次郎とユキは木戸を開けてもらって自身番屋を後にした。

「ちっきしょう、見てろよ。弱い者いじめなんてしやがって。きっと真の咎人を、見つけ出してやるからな」

　おっとり長屋へ戻る道すがら、阿次郎の背中はやっぱり怒っていた。


「へえ、大家さんは、三島湯の旦那とお見知りですかい」

　意外にも、すぐ近くに三島湯の事情通がいた。おっとり長屋の大家である。

「さほど親しくはないがね。まあ、あんな大怪我を負ったんだ。知らんぷりもできないからね、見舞いの品は届けに行ったよ」

「で、どういうお知り合いで？」

「実はね、店子の中に、三島湯の旦那から金を借りた者があってね。ここじゃあなく、もうひとつの長屋でね」

　おっとり長屋の近くに、店主を同じくする別の長屋がある。大家はいわゆる雇われ者で、ふたつの長屋を任されていた。

「三島湯は、金貸しをしてたんですかい！」と、阿次郎がびっくりする。

「御上の札は受けちゃいないから、内緒だがね、けっこう手広く貸しているようだ。取り立てもかなりやかましい」

　金を借りた店子は、日限までに金を用立てられなかった。あげくに大家に泣きついてきたが、大家とてない袖はふれない。結局、店子ともども詫びを入れにいき、三島湯の旦那も大家の顔を立てて、半月だけ待ってくれたという。

「こっちの頼みをきいてもらって、こう言うのも何だがね。ねちねちと嫌味ばかり並べられて、散々な思いをしたよ。ここだけの話だが、襲われたときいたとき、因果応報って文字が浮かんだね。てっきり咎人は、金貸しの客だと思っていたが、当てが外れたよ」

ふむふむと話を拝聴し、阿次郎はあることを大家に申し出た。

「こっちの懐が痛むわけじゃなし、構わないがね。何だってまた、そんなことを？」

「へへ、狂言作者の血がうずくんでさ。この一件には、何か裏があるってね」

「おまえさんも、とことん暇だねえ」

大家のあきれ顔に見送られ、阿次郎は長屋を出た。昨日の今日だから、心配なのだろう。念のため、ユキは長屋の者に預けてきた。

「さてと、まずは三島湯だ。その前に、菓子屋だな」と、オレを見下ろす。

「何でかおめえは、こういうときは必ずついてくるな。おめえにも、狂言作者魂てのが、宿っているのかもしれねえな」

「んなもん、ねえよ」

素っ気なくこたえて、阿次郎の後を追った。阿次郎は三丁目の菓子屋に寄り、けっこう値の張る菓子折を買った。昨夜閉まっていた町木戸を通り過ぎ、自身番屋をちらと見遣る。そのときだけは屈託を露わにしたが、三島湯へ着いたころには、きれいに剝がれていた。

「御酉長屋の、阿次郎と申しやす。大家さんから、見舞いの品を預かって参りやした」

風呂屋の裏手にある玄関先で、阿次郎が口上を述べる。さっき申し出て、名を使うことは大家の許しを得ている。やがて内儀が、玄関先へと出てきた。夫の看病疲れか、ずいぶんとやつれて見えた。

「先日も、お見舞いをいただいたばかりですのに」

「大家さんは、たいそう案じておられましてね。旦那さんの具合はいかがです？」

家に上がり込むつもりはないと断りを入れてから、阿次郎は加減をたずねた。

「おかげさまで、だいぶ落ち着きました。粥も食せるようになりましたし」

「あの晩のことは、何か言ってますかい？　咎人は、見てねえとききましたが」

「やはり後ろから殴られたもので、何も見ていないと申しておりました……ただ、十市と一緒に出かけたわけではないと、それだけはお役人にも語りました」

「それじゃあ、あの日、旦那はどうして亀寺に？」

女房の額に、一本筋が浮いた。きいてほしくないと、顔に書いてある。

「何でも寄合へ行くついでに、急に思い立ってお寺に詣でたと……」

「あんな時分にですかい？」

問われた女房が、困り顔をする。やはり腑に落ちないが、旦那が言い張ってる以上、仕方がない。そんな顔つきだ。

「もうひとつだけ、いいですかい？　十市はどういう経緯で、こちらの厄介に？」

「十市の祖父が、うちで釜焚をしていたんです。十市はふた親を早くに亡くしましたから、孫を案じていたのでしょう。歿る前に、義父に十市を頼んでいたようです」

「なるほど、そういうわけですかい」

「あのとおり知恵は遅いのですが、力もあって働き者ですから、障りはなかったのですが……やはりお酒ばかりはいけなかったようで」

「酒、とは？」

「日頃はごく大人しいのですが、お酒が過ぎると、人が変わったように暴れることがあって……一度などは、飯屋で酔客に怪我をさせたことも」

「本当ですかい？」

「そのときは、先に喧嘩をふっかけたのは向こうだと知れて、どうにかお咎めなしになりましたが……それからは通いの飯屋に、二本以上は呑ませないよう頼んでいたのですが」

こんなことになってと、肩を落とした。疲れ切ったようすが哀れに見えたのか、くれぐれも大事にしてくれと言いおいて、阿次郎は暇(いとま)を告げた。玄関を出ると、ぶつぶつと呟く。

「そうか。十市の酒癖の悪さを知っていて、こんなやり方を思いついたんだな……問答無用でお縄になったのも、たぶんそのためだ」

その後は、湯番や釜焚など、雇い人からも話をきいた。やはり見舞いの名目で小銭を握らせると、案外ぺらぺらとしゃべってくれたが、ほとんどは女房からきいた話と同じだった。ただ、二階にいた客のひとりから、耳寄りな話種(はなしだね)が拾えた。三島湯の二階は大きな座敷になっていて、碁盤や将棋盤がそろえてあり、男たちが世間話をする場所でもあった。

「内緒だがな、もとはこの座敷でも、色を売っていたんだよ。御上の目が厳しくなって、一年ほど前にやめちまったがね」

残念そうに、中年の職人が語る。阿次郎と男の話からすると、湯女(ゆな)を置き、売色させる湯屋はめずらしくないようだ。

「でな、やめさせた湯女の中に、なかなかの上玉がいてな。実はここの旦那が、えらくご執心だったんだ」

「へえ、そいつは聞き捨てならねえな」

「おれもその女だけは、もういっぺん拝みてえ気持ちがあってな、湯島の門前で酌婦をしているというから、数寄心で行ってみたんだ。そうしたら、店の中に三島湯の旦那がいたというわけさ。どうやらたびたび、通っているようすだった」

日に焼けた顔を、にんまりとさせる。なめらかな口ぶりからすると、同じ話を何べんも語っていそうだ。三島湯を出ると、阿次郎が考えを口に出す。

「三島湯の旦那は、その女を口実に、亀寺に呼び出されたのかもしれねえな」

偽の文は、十市にも使われた。女の名で文を書けば、旦那は喜んで亀寺に向かうはずだ。

阿次郎の見当に、オレもうなずいた。

「そういや、昼飯がまだだったな。ミスジ、おまえも腹減ったろ。ちょうどいい、腹拵えしていこうや」

足を向けたのは、小さな一膳飯屋だった。

阿次郎はいちばん奥の、板場に近いところに席を占めた。

「十市さんのことだろ。あたしらも、そりゃもうびっくりしたよ」

三島湯へ見舞いに行った帰りだと告げただけで、飯屋の女房はよくぞきいてくれたと言わんばかりに、べらべらとしゃべり出した。煮魚と野菜の煮つけで飯をかっこみながら、阿次郎は相槌を打つ。

「どうやら、酒癖が悪かったそうだな。ここでも一度騒ぎを起こしたとか」

「一度っきりじゃないよ。そうだねえ、四、五へんはあったかねえ。ねえ、おまえさん」

と、板場の亭主に声をかける。女房とは逆に、口の重そうな亭主は、そうだな、と無愛想にこたえた。

「そのたびに他のお客に、いちゃもんをつけるんだよ。あのとおり子供みたいな人だからさ、勘弁してやってくれって、お客にあやまって事なきを得ていたんだがね」

たまたま喧嘩っ早い男に当たって、店先で派手にやらかした。番屋に知らせが行き、御用になったと、さっき三島湯の女房からきいた話を、さらに詳しく語り立てる。

「三島湯からも頼まれてさ、以来、銚子二本と決めてね、それ以上は出さなかった。初めは十市さんも不満そうにしていたがね、そのうち酒より良いものを見つけてね」

「ひょっとして、猫かい？」

「なんだ、知っていたのかい。うちで猫の餌を見繕(みつくろ)っては、せっせと鍛冶っ原に運んでいたよ。『鍛冶源(かじげん)』て、鍛冶屋の裏にある空き地でね。野良猫が住みついてるんだ。五ツの鐘が鳴ると、『そろそろあいつの飯時だ』なんて言って、嬉しそうに帰っていったよ」

「五ツの鐘か……それは、毎日欠かさずかい？」

「まるで判で押したようにね。もう半年くらいになるかねえ」

なるほどと、足許のオレを見下ろす。

「なんだよ、ミスジ。ちっとも食ってねえじゃねえか」

阿次郎はオレにも、煮魚の尻尾と頭をくれたが、口をつける気にはなれなかった。

この店は醤油がきつい上に、オレが苦手な生姜(しょうが)もたっぷりだ。赤爺が最初のうち、十市の餌に見向きもしなかったのもうなずける。

「そういや、猫は塩や醤油を嫌うんだったね。十市さんが言ってたよ。板場に行けば、何かあるだろ、ちょっと待っておいで」

「ご厄介かけやす。ついでに、少し多めにもらえやせんか。うちにもう一匹、いやしてね」

出汁がらの鰹節と煮干しを分けてもらい、その分の代銀も置いて店を出た。しかし店を出ると、家とは逆の方角に向かう。

「鍛治源なら、おれも何度か店の前を通りかかった。裏に原っぱがあるとは知らなかったが、どうせなら赤にも、挨拶しとこうと思ってな」

猫にくらべれば、人はとんでもなく広い場所を行き来する。阿次郎にとっては、となり町も猫町も変わりはないんだろう。

「にしても、手がかりは拾えたものの、決め手に欠けるな。今日会った者の中で、怪しいとにらんだ者すら何人もいるしな」

三島湯の内儀、風呂屋の二階にいた職人の男、そして飯屋の夫婦を、阿次郎はあげた。

「まず、あの職人が言った女の話が本当なら、内儀が旦那を恨んでいてもおかしくない。一方で職人は、旦那とはいわば恋敵になるだろ？　こいつも除けるわけにはいかない。だが、十市と赤の関わりに、誰より詳しいのは飯屋の夫婦だ」

阿次郎の読みは、外れていない。オレもやっぱり、いま名のあがった者たちが、くさいと思っている。

「よう、ミスジ。この前のお女中みたいに、こいつだ、と目星をつけられねえのか？」

それを言われると、情けなさが募る。オレの得手は、人の嘘を鼻で嗅ぎ分けることだ。けれど今日に限っては、さっぱり役に立たなかった。三島湯の内儀は香(こう)のにおいがきつくて、職人はひっきりなしに煙管(キセル)をふかしていたし、飯屋では醬油と生姜のにおいに邪魔された。オレも阿次郎と同様、決め手がなくて参っていた。

やがて見覚えのある街並みにさしかかり、阿次郎とオレは鍛冶屋の裏手にまわった。

――こんなに、狭かったのか……。

子供のころは、広々とした草っ原に見えていた。

二年と幾月ぶりの生まれ故郷は、懐かしく、少しだけ寂しかった。

「おおっ、ミスジじゃねえか！　わざわざ来てくれたのか」

オレを見つけたデンが、大喜びでとびついてきた。猫は忘れっぽいから、昔馴染みを懐かしむような真似もしない。それでもオレのことは、デンからきいていたのだろう。鍛冶っ原中の猫の目が、興味津々(きょうみしんしん)にこちらに向けられていた。

「そういや、この前頼んだことは、どうだった？」

問われたデンが、きょとんとする。

「赤爺につけられていた文だよ。もし原っぱに残っていたら、とっておいてくれって……」

話の途中で、ああっ！　とデンが大きな声をあげる。

「すまねえ、すっかり忘れてた！　なにせあんな遠出をしたのは初めてで、帰り道を間違わねえよう、そっちばかりに気が行って……いや、何とも面目ねえ」

デンがすっかりしょげ返り、尻尾を股の下でくるりと巻いた。デンを責める気持ちは、端からなかった。猫はそういう生き物だ。鶏は三歩で忘れるそうだが、猫も十歩がいいところだ。

「気にするな。本当ならデンと一緒に、真っ先にオレがここに来るべきだったんだ」

そうしなかったのは、古巣に戻るのに、ちょっとばかし気後れしたからだ。照れくさいような切ないような。何ともいえない心地がして、傀儡師の仕事に障りそうで怖かったからだ。

「おーい、赤ー、どこにいるー。おまえの好きな飯、もってきてやったぞー」

阿次郎はさっきから赤茶色の猫を探している。飯屋から携えてきた鰹節と煮干しを撒いてみたが、寄ってくるのは違う野良猫ばかりだ。

「あれがおまえの傀儡か。能天気な顔してんな」

「あれくらい能天気じゃねえと、務まらねえんだよ」

「へええ、そういうもんかい。お、そうだ。赤爺に会ってくだろ？　いまはほとんど、塒の藪から出てこねえからな」

赤を探す阿次郎を尻目に、オレとデンは原っぱの隅っこにある、大きな藪の方へ行った。

「爺さん、いるんだろ? ミスジが来てくれたぜ、顔出してくれや」

デンが呼びかけると、少し間を置いて藪が揺れた。

「ミスジか……でかくなったな」

「長いこと無沙汰をして、すまなかったな。それでもくたばる前に、会えてよかった」

「生意気ばかりは、相変わらずだな」

爺さんはちょっと笑ったが、オレは返せなかった。十市が捕まって、ろくに食えないせいもあろうが、骨と皮ばかりのからだには、逃れようのない老いがしみついていた。

明日にでも、赤爺は死んでしまうかもしれない——。目の前に突きつけられて、堪えてねえと泣けてきそうだ。

「十市に会ったよ。爺さんのことばかり案じていた。十市は何としても助けると、オレの傀儡が請け合った。もうちっとの辛抱だから、爺さんも待っててくれや」

「犬じゃあるまいに、待つほど気の長い猫なぞおらんよ」

爺さんは昔と同じに素っ気ない体(てい)で返したが、そういえば、と言い出した。

「わしではどうにもできんが、おまえなら役立てることができるやもしれん」

ちょっと待っていろ、と、いったん藪の中に戻り、ふたたび出てきた。くわえてきたのは、丸めた紙切れだった。

「わしに結わえ、十市の騙りに使った文だ」

オレとデンの目ん玉が、これ以上ないほどでかくなった。

「それならそうと、言ってくれりゃあいいのによ。焦っちまったじゃねえか」

デンは見当違いの文句をぶつけたが、その気のまわりように、オレはひたすら感心した。

「よもや爺さんが、とっておいてくれたとは……いや、たいしたものだ」

「においがな、残っておったからだ」

「におい？」

「あの日やってきた奴と、同じにおいが、しみついていた。十市の着物からも、やはり同じにおいがした」

「……咎人と十市から、同じにおいがしたと？」

ひとまず、紙くずに鼻を近づけた。かすかだが、オレも嗅ぎ当てた。

——そうか！　咎人はあいつか！

今日、嗅いだばかりのにおいが、その紙にしみついていた。

「なんだ、ミスジ。こんなところにいたのか、探したぞ……あれ、ひょっとして、赤か？」

阿次郎が藪の前にやってきて、オレのとなりにいる赤爺に気づいた。

「うわ、きさしにまさる爺さん猫だな。よぼよぼじゃねえか……と、それ何だ？」

オレの足許にある紙くずに目を止めて、阿次郎が拾い上げる。開いたとたんに阿次郎の顔つきが、ひとまわりほども引き締まった。

「こいつは、十市に使われた誘い文じゃねえか……あれから幾日も経っているってのに、雨にも濡れず、よく残っていたな……赤、おまえが残しておいてくれたのか？」

ぷい、と赤爺は横を向いたが、阿次郎は妙にしんみりとした顔で語りかけた。

「赤、ありがとうな。おめえのおかげで、十市を陥れた咎人がわかったよ」

え？　と思わず阿次郎を見上げた。

においが決め手になったはずはない。人の鼻には届かねえほど薄いし、紙切れを嗅ぐ仕草もしなかった。何を拠所に、阿次郎は咎人を判じたのだろう？

「おれはこれから番屋に走る。この文と真の咎人を明かせば、ひとまず大番屋送りは日延べされよう。赤、おまえも一緒に来ないか？　おれは十市に、おめえを会わせてやりてえんだ」

阿次郎は赤爺を、両手でひょいと抱き上げた。野良の習いで、赤爺はしばしじたばたしていたが、「頼むよ、爺さん」とオレも目で訴えると、赤爺は嫌そうにそっぽを向きながらも、大人しくなった。

「ようしよし、すぐに十市のところに連れていってやるからな」

赤爺を片手で抱き上げ、文を懐に仕舞うと、阿次郎は立ち上がった。

「面白そうだ、おれも！」

鍛冶っ原を後にするオレたちを、デンが勇んで追いかけてきた。


ほとんど駆けるような足取りで、阿次郎は今日辿ってきた道を戻る。その肩に顎を載せた格好で、赤爺が大人しく収まって、オレとデンもその後ろに続く。

けれど鍛冶っ原を出てほどなくして、異変が起きた。

ぐるる、と赤爺が、低い唸り声をあげた。たちまち阿次郎の腕の中で暴れ出す。

「うわ！　どうした、赤！　おい、待て、赤！　どこへ行く！」

阿次郎が、止める暇もない。オレたちですら、追いつけなかった。

まるで五つも歳が返ったかのような、信じられない素早さで、赤爺は矢のようにいま来た道を戻り、その店にとび込んだ。

暖簾の下から流れてくる、きつい醤油のにおい——。

最後にオレたちが立ち寄った、飯屋だった。

毎日通っていた十市の着物にも、そのにおいはしみついていた。阿次郎がその前を通り過ぎたとき、そいつが赤爺の鼻を刺したんだ。

オレとデンが店内にとび込むと、総身の毛を逆立てた赤爺が、板場から出てきた主人と対峙していた。飯時を外れているせいか、店内に客の姿はない。女房だけが、真っ青な顔で棒立ちになっていた。

赤爺が、やはり思いもかけない速さで、主人目がけてとびついた。とっさに顔をかばいながら、主人が右手を思いきりふった。ぎゃっ、と叫びざま、赤爺は土間にたたきつけられた。横に倒れた姿に、主人の顔がさらに色を失くす。

「こいつ……やっぱり、十市の猫か……」

近づこうとする主人をさえぎって、オレとデンが赤爺を背にして立ちはだかった。牙を剝き出したデンは、いまにも飛びかからんばかりの物騒な気配だ。

脅しにかけては、オレよりよほど上をゆく。デンの耳障りな声に、女房は耳をふさいだ。

「なんでえ、こいつら……気味悪いな。まとめてたたっ斬ってやる」

言いざま主人は板場に入り、包丁を手にして戻ってきた。

「おまえさん、店ん中でやめとくれ」

「この猫は、いわば唯一の生き証人だ。生かしておいちゃ、後々厄介だ」

「およしよ！　猫は祟るっていうじゃないか」

「祟られる方がまだましだ。せっかく奴が番屋送りになってくれたんだ……風呂屋の旦那は始末し損ねたが、こいつさえ殺っちまえば、おれたちと旦那の関わりも消える」

「――やっぱり、あんたらの仕業だったんだな」

暖簾を分けて入ってきた阿次郎の姿に、飯屋の夫婦は息を呑んだ。

「すべてこの耳で、きかせてもらったよ。三島湯の旦那を亀寺で殴り、十市を罠に嵌めたのはあんたたちだ」

阿次郎は店の外で、しばし中のようすを窺っていたようだ。落ち着き払った声音で告げた。

「おそらく、三島湯の旦那が岡惚れしてる女の名を騙って、あの晩、旦那を亀寺に呼び出した。刻限は夜五ツ。あんたは十市がここを出るより前に、最初は鍛冶っ原に、それから亀寺に向かった。ところが肝心の旦那がなかなか来ねえ。あんたはさぞかし焦ったろうよ」

にやりとされて、包丁を握ったままの主人が、阿次郎から目を逸（そ）らした。

「実はあの日、三島湯の内儀は、亭主のようすがおかしいと何かしら感づいていたんだ。出かけようとする亭主を問い詰めた。家の外で、ふたりがすったもんだしている声を、釜焚が耳にしていてな」

それでも旦那は無理に出かけていったが、刻限はかなり遅れた。見込み違いは、もうひとつあった。十市が見当よりもよほど早く、亀寺に着いちまったことだ。十市は鍛冶っ原で、四半刻（しはんとき）ほど赤爺と一緒に過ごすのが常だった。多少遅れても、十市はまだ来ないと踏んで、三島湯の旦那を後ろから殴りつけた。なのにとどめを刺すより前に、十市が石段を上ってきた。慌ててその場を離れ、寺を退散した——。

阿次郎がそう語ると、女房はへたりと土間に座り込んだ。しかし主人の方は、あきらめちゃいない。

「へ、何の話だい……下手な言いがかりはよしてくれ。だいたい、どこにそんな証しがある？　てめえみたいな半端（はんぱ）な若造が、何を言ったところで……」

「証しならあるさ。ここにな」

阿次郎が懐から文を出して、広げて見せた。さすがにふたりが顔色を変える。

「どうして……文は燃やしてくれって、ちゃんと書いたのに……」

「仕舞いまで読まずに、十市が一目散に亀寺へ駆けつけたからだよ。赤の息災を願って、うんと急いでな。あんたらの見当より早かったのは、そのためだ」

「いい加減にしろ！　その文だって、おれたちが書いたなんて証しはどこに……」

「証しなら、あるって言ったろう？　ちょいと邪魔するよ」

包丁を握ったままの亭主の脇を、阿次郎が平然とすり抜ける。板場との境にある台の上から、何かをとり上げた。ちょうど阿次郎の掌ほどの大きさの、鉄のかたまりだった。

「見てのとおり、梅型の文鎮だ。この文の右隅にも、ちゃんと重石の跡が残ってる。この文鎮と、まったく同じ紋様だ」

仕入れの品やら、注文が立て込んだ折の、覚えのためだろう。幾枚かの紙が、台の上に置かれていた。梅型の文鎮は、その押さえに使われていた。

なるほど、阿次郎が咎人を絞った理由が、ようやく呑み込めた。

「若造がべらべらとえらそうに……こうなったらひと思いにてめえを……」

包丁を握る手に力が込められて、主人の手の甲に血の筋が浮いた。阿次郎は、素早く板場の中に身を入れた。だがその目はいつになく血走って、主人をにらみすえている。

「おれは今度に限っちゃ、あんたらに情けをかけるつもりはない。子供同然のあんな男に、てめえらの罪を被せやがって……非道にも程があるだろうが！　風呂屋の主がどんな阿漕を働こうと、あんたら夫婦のあくどさには到底かなわねえ！　いますぐ板場の裏口から出て、往来で叫んでやる。風呂屋の旦那を殺めようとした下手人が、ここにいるってな！」

がらん、と音がして、主人の手から包丁が落ちた。がくりと膝をつき、両手で顔を覆う。

「仕方ねえじゃねえか……金を返せなきゃ、この店をとられちまう……苦労して苦労して、ようやく店を持てたのに……そんなの、我慢できるかよ」

女房がわっと泣き伏して、亭主の声をかき消した。

オレの背中で、かすかな気配がした。赤爺が、ゆっくりと起き上がった。

「おい、赤爺。無理するな」

オレの声などきこえぬように、よろよろと歩き出す。

客か、あるいは泣き声が届いたか、数人の男が、店の暖簾を分けて中を覗いた。その脇をすり抜けて、店を出た。オレとデンが、急いで後を追う。

「赤爺、どこへ行くつもりだ？　十市のいる番屋は逆の方角だぞ」

「鍛冶っ原へ、帰る……」

ふり返りもせず、それだけ告げた。オレたちが何を言っても、耳すら貸さない。

「デン、頼めるか？」

「ああ、ちゃんと原まで、連れて帰る」

デンが請け合って、赤爺を追った。

心許ない足取りで、痩(や)せた赤茶色の背中が遠ざかる。

それがオレにとって、赤爺の最後の姿になった。


「赤、赤、出ておいで」

夕日で燃えるように染まった鍛冶っ原に、十市の声だけがこだまする。

あれから、まる一日経っていた。その日のうちに、飯屋の夫婦は番屋にしょっぴかれ、昨晩から今日にかけて、役人から厳しい調べを受けた。入れ替わりに、十市は解き放ちになるはずが、当てが外れ、番屋を出たのはつい先刻だった。夫婦の罪には、十市も深く関わっている。改めて証し人として、夫婦と一緒に詮議(せんぎ)を受けていたからだ。

人の世は、かくも手間がかかる。そんな面倒さえなければ、赤爺は最後に十市と会えたかもしれない――。

赤爺は今朝、塒の藪の中で冷たくなっていた。

解き放ちになった十市は、阿次郎が整えてやった餌を片手に、まっすぐに鍛治っ原に駆けつけた。それでも、間に合わなかった――。

「最後にひと目、会わせてやりたかったな……」

「爺さんは、あれで本望だったのかもしれねえ……そんな顔の、仏だった」

オレの横で、デンがらしくない慰めを口にする。

赤を呼ぶ十市の声は、日が暮れても、いつまでもいつまでも原に響いていた。

闇に咲く

志川節子

志川節子（しがわ・せつこ）
一九七一年島根県生まれ。二〇〇三年に「七転び」でオール讀物新人賞を受賞しデビュー。著書に『手のひら、ひらひら』『春はそこまで』『ご縁の糸』『花鳥茶屋せせらぎ』『煌』『日照雨』『かんばん娘』『博覧男爵』など。

一

おりよが新之助の隣に腰を下ろすと、女たちの声がわあわあと土手を下ってきて、まもなくふたりの乗る舟が大きく揺れた。

闇に塗りつぶされたおりよのまぶたに、水に反射した光が無数に疾る。身体が宙に放り出される心地がして、おりよは新之助の袂をぎゅっと摑んだ。

あいすみません、恐れ入ります、と女たちがとり澄ました、しかし愛想をたっぷりまぶした声を周囲に振りまいているうちに、揺れは少しずつおさまっていく。

「どちらさんも、お坐りになったかね。向こう岸に着くまで、立ち上がらんでくだせえよ」

船頭が呼びかけて、竿が岸をつく硬い感触のあと、舟が水の上をすべり出た。

「それにしても、たいした咲きっぷりだったねえ」

「あんなにいっぱい咲いてる梅を見たのは初めてだよ」

ほどなく、女ふたりが話し始めた。

おりよと新之助が訪れた江戸寺島村の百花園を、女たちも見物してきたとみえる。

風の冷たいこの季節に向島へ渡るのは、百花園の梅を見にくる客か、風光明媚な眺めを売りにした料理茶屋を訪ねる旦那衆かというくらいのものだった。隅田堤の桜並木がほころんで、花見客が押しかけてくるようになるには、まだひと月ほどある。

「知ってるかい。梅の花は白いほうが香るんだよ」

「へえ、そうなんだ。思いのほか物知りだこと」

「じつは、亭主の受け売りさ」

「道理で。おまえさんが風流に通じてるなんておかしいもの」

「なんだって。承知しないよ」

ほかの客に遠慮しようという気がないのか、女たちはだらだらと軽口を叩き合っていた。

声の調子で、五つ六つ年嵩と見当をつける。おりよが二十一だから、二十六、七といったところか。

俗に橋場の渡しと呼ばれる渡し舟には、ほかに五、六人が乗り合わせているが、連中には女たちのお喋りを愉しむような趣きすらただよっている。

　昼日中に向島まで梅を見にくるゆとりがあって、亭主持ち。ふたりともどこぞの商家のお内儀さんなのだろうが、お喋りをいさめるお供すら連れていないのをみると、おそらく亭主に構ってもらえない、時を持て余した女であるに相違ない。

　川面を渡ってくる風が頬を刺すようで、おりよは新之助に身体を寄せた。着物ごしに、新之助のぬくもりが伝わってくる。新之助は二十七、神田通塩町にある小間物屋「近江屋」の跡取り息子だ。この秋、おりよと祝言を挙げることになっている。

「ねえ、ついでに奥山へ寄っていかないかえ」

「いいね。百日芝居に出ている役者が気になっていたんだよ」

「おや、おまえさんも隅に置けないね。聞くところによると、たいそうな色男だそうじゃないか」

「それが、旅回り先の京で老舗のお内儀さんとねんごろになったのが亭主にばれて、上方の興行には出られなくなっちまったらしくてね」

　女たちの話を聞くとはなしに聞いていた一同から失笑が洩れたとき、舟が橋場の岸に着いた。

　客たちがいっせいに舟を下りはじめる。

「おりよさん、私たちも行こうか」

「はい、新之助さん」

「ゆっくり立つんだよ。気をつけて」

そういって新之助が腰を上げ、おりよの手をとった。

「ごらんよ、許婚者どうしかねえ。連れの娘さんにちゃんと手を添えて……。しかも、両の手とも」

「やさしいものだね。うちの亭主なんて、とっとと自分だけ下りちまうよ」

後ろのほうで、例の女たちがささやき合っている。

「頼もしい許婚者がいて、娘さんは果報者だこと」

「ほんとにねえ。あら、あの娘さん、ちょいと目が……」

にわかに、声が尻つぼみになった。

背中がこわばるのが、おりよは自分でもわかる。

「新之助さん、あの、手を離して」

「どういうつもりだい。そんなことしたら、舟から落ちるじゃないか」

「離してったら」

「ばかをいうんじゃない」

新之助はするどく叱りつけたが、すぐに気を取り直したように冷静な声でいう。

「ほら、そのまま足を出して。真っすぐだ」

いわれた通りにするよりなかった。両の手をしっかりと摑まれたまま、駒下駄の裏で船板の凹凸を探る。

「お客さん、ここからはあっしが手を引っ張りやす。船縁をまたいでくだせえ」

斜め前方から船頭にぐいっと手を引かれて、桟橋に降り立った。

女たちの視線が背中にまとわりついてくるのを感じたが、声はもう聞こえなかった。

「その先の茶屋で少し休もうか」と新之助がいったのは、橋場で駕籠を拾おうとする新之助に「あたしは歩きでも平気よ」とおりよがいい張って、今戸にさしかかったあたりだった。およそ十丁ほどを新之助の手だけを頼りに歩いてきて、さすがにおりよは軽い疲れを覚えている。

待乳山のふもとに出ている水茶屋に入ると、新之助は入り口近くに置かれた床机におりよを坐らせ、茶汲み女に茶を注文した。

茶汲み女の足音が遠ざかったのをたしかめて、おりよは口を開く。

「いい気なものよね」

「え、何のことだい」

「さっきのお内儀さんたち」

「ああ……」

相づちに素っ気ないひびきが溶け込んでいたが、おりよは気づかないふりをした。

「あたしのこと、果報者ですって。まあ、あながち外れてはいないけどね。新之助さんは、思いやりがあって、男ぶりもよくて、商売熱心だもの」

弓を張ったような切れ長の目、筋の通った鼻梁、軽く引き結ばれた唇。

目がいまみたいに見えなくなるまでは、会うたびにうっとりと見惚れていた男の目鼻立ちを、おりよはまぶたにくっきりと描くことができる。

そんな新之助に見初められたのだと思うと、くすぐったいような、胸を張りたいような心持ちがする。

「あの人たちが喋ってるあいだずっと、ご亭主が気の毒だなと思ってたのよ。あたしだったら、お店で立ち働いている亭主をおいて、遊び歩いたりしないのに」

茶汲み女が湯呑みをふたつ置いて、下がっていった。

おりよはそろそろと湯呑みを持ち上げた。新之助は照れくさいのか黙っている。

茶を口に含むと、存外な渋味が舌に広がった。眉をしかめて、おりよは二、三度むせる。

「ところで、祝言で髪に挿す簪なんだけどね」

どことなく新之助が上の空でいる気がして、さりげなく話の穂先を変えた。

「お父っつぁんが、簪もお色直ししてはどうかといっているの」

おりよの父、作兵衛は、近江屋につまみ細工の簪を納める職人であった。

無言のままの新之助に、おりよは話を続ける。

「衣装を替えるのはともかく、簪もとなると、ちょいと贅沢すぎやしないかしら。ほら、先だって大旦那さまがおっしゃっていたでしょう。近江屋は女子の喜ぶ袋物や櫛簪のたぐいを商っているけれども、店の者は常に質素を心がけているって。だから、新之助さんの了簡も聞かせてもらいたくて」

「…………」

「ねえ」

おりよが手を伸ばして膝に触れると、新之助が身じろぎした。

「すまない、おりよさん」

「いやだ、聞いてなかったのね」

小さく息をつき、おりよは話を元にもどす。

「あのね、祝言の簪が……」

「すまない」

新之助が同じ言葉でさえぎって、しばし逡巡したのち、しかしはっきりと告げた。

「悪いけど、祝言は挙げられない。縁談を白紙にもどしてほしいんだ」

二

昨年、八月のこと。

「来る日も来る日もこう暑いんじゃ、夜もおちおち寝てられねえ。ここはひとつ、みんなで大川へ涼みに繰りだそう」

浅草諏訪町にある湯屋の二階で、作兵衛と将棋盤を挟んでいた荒物屋の主人がそういいだし、町内の面々で両国橋西詰の水茶屋にしつらえられた桟敷を押さえることになった。

暦の上ではもう秋だが、八月二十八日までは大川に納涼船が浮かび、両国橋東西の広小路に設けられた茶屋や見世物小屋は夜の商いが許されて、毎晩、大勢の人でにぎわう。

日が暮れて、諏訪町の住まいを出たおりよが両親と両国へ向かうと、水茶屋の桟敷には、近所の住人たちが二十人ばかりも顔を揃えていた。おりよたちの住まいは、小商いの店が肩を寄せ合っている裏通りにあって、桟敷に集まっているのは八百屋や舂米屋の主人とその家族だった。

「おふささん、おりよちゃん」

手を上げているのは一膳飯屋「ともえ」の女房おたつで、母とおりよは桟敷の奥へ進んだ。

桟敷は十畳ほどもあるだろうか、川べりにのぞんで卓がいくつか並べてあった。作兵衛が古着屋の主人に呼ばれた卓には男ばかりがかたまっていて、すでに空になった銚子が何本か転がっている。

女房たちが坐っている卓の端に、おりよは母と並んで膝を折った。桟敷のぐるりには欄干がめぐらされており、身を乗り出せば水面に手が届きそうだ。仮ごしらえの水茶屋とはいえ、軒には灯の入った提灯がずらりと連なり、ゆらゆらと水に揺れる赤い光を、おりよはうっとりと眺めた。

大川に出ている屋形船や屋根船はざっと数えただけでも百はありそうで、船遊びの客を当て込んで食べ物を売りにくるうろうろ船が、金魚の糞のように群がっている。両国橋の上も涼をもとめる人々で埋め尽くされており、灯あかりに黒々と浮かび上がっていた。その光景がかえって暑苦しいようでもあるが、水の上を渡ってくる風は涼しく、心地よい。

「おりよちゃん、近江屋の若旦那に見初められたんだってね」

「へえ、玉の輿じゃないか。おふささんも、先々安心だろう」

「羨ましいね。うちの娘も、どっかの金持ちが嫁にもらってくれるといいんだけど」

卓の周りでは、近所の女房たちがお喋りに花を咲かせていた。「うちは職人だから、娘がお店のお内儀さんとしてちゃんとやっていけるか、それはそれで気がかりなんだけどね」と応じるおふさに、女房たちが神妙な面持ちで「うん、うん」とうなずいている。

枝豆や田楽、焼き茄子、白瓜の冷汁などが運ばれてくると、手のついていない銚子をおたつが男連中から三本ばかり奪いとり、女たちに猪口を持たせて酒を注いだ。おりよの猪口を酒で満たすと、男たちの卓にも聞こえるようにいう。

「おりよちゃんの前祝いだよ」

座がわっと沸いて、次々に酒が干された。

「そんな集まりじゃないのに、すみません」

おりよが首をすくめると、

「遠慮することはないよ。あたしらだって、うれしいんだ」

「祝言の日が近くなったら、あらためてお祝いさせておくれ」

女房たちの笑顔が返ってきた。

「おっ、いよいよ始まるぞ」

男連中の卓から声が上がった。振り返ると、川下に浮かぶ船のひとつから、ひとすじの光が夜空へ駆けのぼっていく。

暗闇にぱっとまばゆい光の花が咲いて、次の瞬間、ふっと消える。同時に、天が割れるような、大きな音がひびき渡った。

「わあ……」

我知らず、おりよの口から感嘆の声が洩れる。

川開き当日に打ち揚げられる大川の花火は諸国に知れ渡るほど豪勢なものだが、その後も三月ほど続く夕涼みのあいだ、規模こそ多少は劣るものの毎夜のように夜空をいろどる。むろん、諏訪町でも大川のほとりに立てば見ることができるが、遠くに眺めるのと、こうして間近に目にするのでは、音も大きさも段違いだ。

「まるでおりよちゃんへの餞（はなむけ）みたいだ」

荒物屋の女房がいっている。

一発目が打ち揚がったのを皮切りに、あちらでもこちらでも、光の花が咲き始めていた。

欄干にもたれて夜空を見上げながら、あたしはなんて恵まれているのだろうと感慨に浸った。来年は新之助の隣で見ることができると思うと、なんだか頬が火照ってくる。

またひとつ、ひゅるひゅると立ちのぼっていく音があった。

おりよは欄干から身を乗り出した。

「おい、落っこちるぞ」

父が咎(とが)めているが、気にしない。

頭上が、昼間のように明るくなる。視界いっぱいに、牡丹(ぼたん)の花が広がった。

怖いくらい、きれい。

思わず見開いた目に、唐突に、すさまじい衝撃がはじけた。

痛い、痛い、痛い、そして熱い。

自分の身に何が起きたのか飲み込めない。

墨染の布を頭から被せられたように、いきなり目の前が真っ暗になった。

「おい、手が止まってるぞ」

作兵衛の声が飛んできて、おりよは我に返った。

「ご、ごめんなさい」

頭を下げると、まぶたがひくひくした。花火がはじける折に飛び散った破片をまともにくらって、おりよの目は開かなくなったのだった。

おりよたちの住まいは、裏通りに面した板の間が簪づくりの仕事場になっている。おりよは細工机の前に腰を据えて、簪の細工にとりかかっているところであった。

右手には、作兵衛やおりよが「つまみ箸」と呼ぶ道具がある。金属でできており、毛抜きのような形をしている。

息をととのえたおりよは、その、つまみ箸の先端を小刻みに打ち合わせた。

「藤色を」

「あいよ」

母の声がして、じきにつまみ箸の先にかすかな手応えが返ってくる。

一寸四方に裁断された羽二重生地を、おりよは左手の親指と人差し指、右手のつまみ箸を操って折り畳む。三角形になったつまみ片を、薄く糊をひいた板に留めていく。

それが、藤の花弁の一片になるのである。

生地のさらりとした感触を指の腹でたしかめながら、つまみ箸でつまんで、折り畳んで、糊で留める。これが基本だ。つまみの技には、丸く柔らかい形に折る丸つまみと、先を鋭くとがらせて折る剣つまみがある。要は基本を繰り返して一つ一つの部材をつくり、それらを組み合わせて全体を仕上げていく。

つまみ細工の発祥は、京の禁裏（きんり）にあるという。禁裏方（かた）につとめる女房たちが、硯箱（すずりばこ）や身の回りの小物を端切れを用いて思い思いに飾り立てたのが始まりだ。それがいつしか武家に伝わり、いまでは髪に挿す簪が裕福な商家の娘たちにも好まれている。

もともと武士によって切り開かれた江戸では、何事につけ渋くてさっぱりした気風がもてはやされて、女子が身に着ける櫛簪の意匠にまでそれが及んでいたのだが、若い娘にしてみれば、銀や鼈甲（べっこう）だけでこしらえたものは少し味気なくもある。つまみ細工のもつ柔らかさや可愛らしさは、そうした娘たちの求めに応ずるのに打ってつけなのだ。

父のつまみ細工をそばで見て育ったおりよが、自分でもこしらえたいと思い、職人修業に入ったのもしぜんな成り行きであった。

羽二重生地を寸法どおりに裁つことができるようになるところから始めて、昨年がちょうど十年めだった。梅や桜、菊、鶴亀といった昔ながらの簪をひととおり仕上げるのはむろん、流水や花筏のように女の作り手らしい意匠にも取り組んで、これなら一本立ちできると作兵衛も太鼓判を押してくれた矢先に、ものを見る力を失ったのである。

もう二度と細工はできないと、おりよはどん底に突き落とされた気がした。だが、手に沁み込んだ感覚というのは自分でもちょっと感心するほどで、指先の力加減や肌ざわりを頼りに、土台となる部分はどうにか仕上げられるようになった。

それでも、全体からみた釣り合いや、細かいところの始末となると、前と同じようにはいかない。つまみ細工は色とりどりに染められた生地を使い分けて華やかにみせるのが真骨頂なのに、色味を見分けることができないのも痛手であった。

おりよがいまこしらえているのは、一本の糸に藤の花びらを糊で留めていく、下がりと呼ばれるものだった。房になって咲く藤の花の、枝垂れるさまをあらわしている。

「しっかりしねえか。おまえの下がりができねえと、おれの仕事が始まらねえんだぞ」

作兵衛のとがり声が、ふたたび飛ぶ。

作兵衛がつくっているのは躑躅や都忘れといった花のつまみである。それらをおりよの下がりと組み上げると、可憐な簪が出来上がる寸法だ。

「おまえさん、おりよの気持ちも少しは察してやっとくれよ」

おふさが控えめに口を挿んだ。

「ふん。祝言がおじゃんになったぐれえでくよくよしやがって。泣く暇があったら手ェ動かせってんだ」

傷ついた娘心に塩をすり込むような亭主の物言いに、おふさが絶句している。

おりよが新之助に見初められたのは、二年も前のことだった。おりよが父のお供をして近江屋へ品を納めにいくうちに、若旦那の新之助と言葉を交わすようになり、いつしか心を通わせるようになったのだ。

少々不釣り合いな縁組ではあったが、店が商う品のことをよく心得た娘が嫁にきてくれるのなら、近江屋としても心強いといって、新之助の両親、つまり近江屋の主人夫婦も、おりよを迎えることに嫌な顔は見せなかった。

ただ、その時分、一人前の職人になるにはもうひと踏ん張りというところにいたおりよは、祝言をいま少し待ってほしいと新之助に頭を下げた。新之助は快諾した。

そして、作兵衛がおりよの腕を認め、そろそろ祝言をという話が出始めた頃に、おりよは不運に見舞われたのである。だが、新之助は目のことは気にしないといってくれた。祝言の日取りも、翌年の秋に挙げることが、そのとき決まったのだ。作兵衛とおふさも新之助の人柄に深く感じ入って涙を流していた。

それなのに、どうして。

新之助に破談を申し入れられて、およそひと月になる。仕事場にいてもそのことばかりが頭をめぐり、手許がおろそかになってしまう。

「修業なんかさっさとやめて、お嫁にいっておけばよかった」

本音ともつかぬつぶやきが、ぽろりとこぼれた。

「まあ、おまえまでそんなことを……」

おふさがおろおろしている。

「ただの愚痴だ、放っておけ。十六、七の生娘ならともかく、年増がめそめそしたってみっともねえだけだ」

「もう、おまえさんったら」

「近江屋の大旦那と若旦那は連れ立ってこの仕事場にきて、きちんと頭を下げてくだすった。だからおれは、こんどのことはすべて水に流すと決めたんだ」

近江屋から主人と新之助が訪ねてきたのは二十日ばかり前のことだった。おりよはむろん顔を出していない。

「そんなことといって、おまえさんは自分の娘が不憫じゃないのかえ」

「お店との付き合いは、これからも続くんだ。いつまでもぐじぐじいってられるか」

「男親ってのは、これだから……」

おふさがいいかけるのへ、作兵衛の険しい声が被さった。

「おりよ、下がり十本こしらえるのにどれだけかかってるんだ。早くしろ」

近江屋の主人親子に、作兵衛は苦情のひとつも申し立てなかったという。母からそれを聞かされたときのどうにもやるせない心持ちがよみがえってきて、おりよはきつく唇を嚙む。

おりよは正真正銘の生娘だった。品納めにいった近江屋の裏口で手を握られたり、お詣(まい)りにいった神社の境内(けいだい)の木陰で唇を吸われたりしたことはあっても、その先には進まなかった。おりよはそうなってもいいと密かに思ったりしたが、新之助は男としてきちんとけじめをつけたいし、何よりもおりよを大切にしたいというのだった。

その折は胸を熱くしたものだが、いまとなっては空しいばかりである。

おりよはつまみ箸を前に突き出した。

「おっ母さん、藤色」

「え」

「藤色だよ」

いらいらした口調になった。

おりよが指図した色の生地を何色もある中から瞬時に見分け、つまみ箸の先に差し出してくれる母も、花火のことがあるまでは道具を触ったことすらなかった。もたつくのは当たり前と、おりよは頭ではわかっていても、気持ちがついていかない。

「もう、おっ母さんがのろのろしてるから、調子が狂っちまうじゃないか」

つまみ箸をきつく摑んで吐き捨てる。

母の溜息が聞こえてきた。

三

桜の花も散り、江戸は風が心地よい季節となった。

新緑が深くなっていくさまをおりよが目にすることはかなわないが、まぶたの裏に映る陽射しは日ごとに力強さを増している。

暮れ六ツの鐘が聞こえてしばらくのち、おりよは両親と通りの斜向かいにある「ともえ」へ行った。

「いらっしゃい。おや、どうも」

おりよたちが入り口に立つと、おたつがいそいそと近づいてくる。

「席はどうしますか。いつもの小上り(こあが)が空いてるけど」

「じゃあ、そこでお願いするよ」

作兵衛が暖簾(のれん)をくぐり、おりよも後に続く。

「さ、おりよちゃん」

おたつがおりよの手を取って店の奥へ導こうとする。毎度のこととはいえ、おりよはいささかもやもやしながら従(つ)いていく。

一膳飯屋といっても、店の前に出された行燈看板には「お酒いろいろ」とあるように、ともえは飯も出せば酒も出す。客はおおかた裏店住まいの職人か、おりよたちのような界隈の住人たちであった。

入れ込みの土間には飯台が四つと空になった酒樽の腰掛けが置いてあり、奥に小上りもついている。おりよは子ども時分から親に連れられてきており、だいたいの勝手はわかっている。

「今日はもう仕事はおしまいかえ」

おりよたちが小上りに落ち着くと、おたつが茶の入った湯呑みを持ってくる。

店の中の音のひびき具合からいって、客はまだそんなに入っていないようだ。

「細工の途中だが、一段落ついて飯を食いにきたんだ。帰ったら、続きを片付けねえと」

　作兵衛が応じた。

「へえ、夜なべかい」

「まとまった注文が入っていてね。こいつがこれで、嬶がつきっきりなもんだから……」

　作兵衛が顎をしゃくった気配がある。

　細工じたいはさほど手が込んでいないのだが、数を揃えなくてはならない注文を請け負っていた。おりよも精一杯やっているものの、どうしても目が見えるようにはかどらない。おふさも朝からずっと仕事場にこもっておりよを手伝っており、夕餉の支度まで手が回らないので、こうして外へ食べにきているのであった。

　そのあたりを、おたつも察したらしい。

「ふうん、おふささんも厄介を背負い込んじまったもんだねえ」

　口にしてからいいすぎたと気づいたとみえ、慌てていい直す。

「おふささん、食べたいものがあるかい」

「そうだね、おすすめは何だえ」

「筍ご飯はどうだい。八百寅にいい筍が入ってね」

おたつは二軒隣にある八百屋の名を挙げる。

「じゃあ、それにしようか。あと、うちの人に何か魚をつけておくれ」

おたつが注文を伝えに板場へ下がっていった。

おふさの口から洩れる小さな欠伸(あくび)を、耳がとらえた。おりよの細工を手伝うかたわら、母は合間をみて洗い物や掃除をこなしている。折しも衣替えの時季で、昨夜は仕事場に縫い物を持ち込んで針を運んでいた。

自分のせいで母にしわ寄せが及ぶのが心苦しかった。昔みたいにひとりで細工ができたらと思うのに、気持ちが焦るとつまみの形がいびつになったりして、もどかしくてならない。

やがて、料理が運ばれてきた。

皿や小鉢の底が卓に小さくぶつかる音がしたのち、ふいにおりよの手に生暖かいものが触れた。

「いいかえ、おりよちゃん。これがお浸し、これが豆腐汁、それと、こっちが筍ご飯だ」

おたつがおりよに手を添えて、ひととおり器を触らせる。

おりよの口に苦い唾が湧いてくる。

「ありがとう、小母さん」

低い声でいうと、おたつはおりよの肩を軽くおさえて、入れ込みへ出ていった。店は仕事帰りの職人たちで、少しずつざわざわし始めている。

家を出たときはお腹がぺこぺこだったのに、いまは空腹なのかどうかもわからなかった。

目がこんなふうになった初めのうちこそ、何がどこにあるのか見当がつかなかったけれど、このごろは食べ物の香りをくっきりと捉えられるようになって、自分の前に並んでいるものくらいはたやすく推し量ることができる。ついでにいうと、さっき手に触れた皿や椀のほかに、茄子の南蛮煮が左の手前に置かれているのも承知している。

「うん、筍が美味しいよ。おりよ、おまえも早くおあがり」

母にうながされて、おりよは箸をとった。

茶碗のご飯をひとすくいして、口許へ運ぶ。筍のこりっとした歯応えとしゃきしゃきした舌触り、そして青い香りが鼻へ抜けていくものの、おりよにはえぐみがきつく感じられた。このえぐみこそが季節の味で、好きな人にはたまらないのかもしれないが、母のように素直に美味しいとは思えない。

風も光も、人々の味覚も初夏を迎えようとしているのに、己れひとりが晩春の物憂い心持ちを引きずっているみたいで、おりよはそっと溜息をつく。

黙々と箸を動かしていると、またひとり、表から入ってきた客があった。

入れ込みはだいぶ混んできて、客どうしの喋る声や笑い声が高くひびいている。小上りに流れてくる酒の匂いも濃くなっていた。

おたつもてんてこ舞いになっているのか、客は戸口に立ったままだ。しばらくのあいだ、店の中をうかがっていたが、ほどなく奥へ進んできた。

「政(まさ)ちゃん」

おりよは男に向かって手を上げた。

「じきに小上りが空くわよ」

「おう、おりよ。小父さん、小母さん、こんばんは」

八百寅の跡取り、政吉(まさきち)であった。おりよとは同い年で、大の大人に「政ちゃん」もないのだが、小さい時分から付き合いのある相手にいまさら呼び方を変えるのもおかしい気がする。

「おまえ、よくおれに気づいたな。飯台の腰掛けがひとつ空いてるのが見えたんで、相席を頼むつもりで入ってきたんだが……あ、すみません」

尻をずらした作兵衛に頭を下げて、政吉が小上りに上がった。

「足音がね。政ちゃん、右の足をちょいと引きずる癖があるから」

「それにしたって、この店、けっこううるさいのに、足音なんか聞こえねえだろ」

「人の声と物音って、ごちゃ混ぜにならないの。まあ、慣れもあるけどね。足音は、地面に棒で線を引いてるみたいに聞こえる。耳で見るって感じ」

「ふうん。目が見えねえって、そんなもんか」

「そんなもんよ」

政吉の物言いはずけずけと遠慮がないが、おりよはさほど気にならなかった。昔から、人の懐を斟酌しないかわりに、よけいな気をまわしてよこすこともない。

「政吉、今日はおまえさんだけなのかい」

作兵衛が、ふと気がついたように訊ねる。

「それが、夕餉は家ですませたんですがね。ちょいと物足りなくて、するめで酒でも呑もうかと思ったら、かみさんに嫌な顔をされちまいまして」

「政吉っつあん、それは当たり前ですよ。いま、ちょうど悪阻のきついときでしょう」

母親が伜をいさめるような口ぶりで、おふさが横から口を挿む。

政吉は昨年の暮れにもらった女房が腹に子を宿したのが、先ごろわかったばかりだった。八百寅で買い物をした誰かの口からあっというまに広まって、いまや町内でそのことを知らない者はない。

「そんなに酒が呑みてえならどこかそのへんで引っ掛けてこいと、親父とおふくろもかみさんの味方につきやがるんでさ」

「赤ちゃんは、いつ生まれるのかえ」

おふさの声が、ぐっと和らぐ。

「へへ、秋の終わりか冬の初めになりそうだって話で」

照れくさそうに、政吉が鼻を鳴らしている。

おそらく、おりよの縁談がふいになったことも、町内じゅうに知れ渡っているに相違ない。それをおくびにも出さないところに、政吉の真価があるとおりよは了簡している。それでいて、いつまでこの話に付き合わされるのかと、わずかに辟易(へきえき)してもいた。

おたつはさっきから板場と入れ込みを行ったり来たりしているが、声を掛けるのがためらわれるほど忙しそうだ。

神様はずるい、とおりよは思った。

あたしは何もかも失くしたのに、政ちゃんは何もかも手にしている。

おりよが花火の破片を目に受けたとき、政吉もあの場に居合わせたのである。どうして自分だけが、貧乏くじを引かなければいけないのだろう。

生まれてくる子の話をのうのうと続ける政吉と、いかにも嬉しそうに耳を傾けている両親を、おりよはひそかに怨んだ。

「おや、筍ご飯を食べたんですかい」

いつのまにか、話の向きが変わっていた。

「八百寅に上物が入ったと、おたつさんに勧められてね。いいお味でしたよ」

「やっぱり、旬の味は格別だな」

おふさと作兵衛が、口々に褒めている。

「あれ、どうしたんだ、ひとことありそうな顔して」

おりよが黙っているのが、政吉には引っ掛かったようだ。

「美味しいのよ。それはそうなんだけど……」

「何だ、遠慮しねえでいえよ」

「ちょいと、えぐみが気になってね。それに、何ていったらいいのか、大味な感じもして……」

「これ、おりよ。八百寅さんが選りすぐった筍なんだよ」

おふさがおりよの膝を軽くゆする。

「いいんです、小母さん。じつは、竹の種類が少しばかり違うんで」

政吉が控えめにいった。

「筍ってのは、ご存知のとおり竹の子どもです。これまでは真竹とか淡竹の筍がおおかたを占めてたんですが、今日のは孟宗竹って種類でして」

「孟宗竹……、あんまり聞いたことないわね」

おりよが首をかしげる。

「真竹や淡竹にくらべて幹がひと回り太くて、筍も大きいし肉が厚いんだ。葛西村の農家が今朝、掘りあげたばかりだといって売りにきたのがあんまり立派だったんで仕入れたんだがね」

で、その農家から聞いた話だといって政吉が続ける。

「孟宗竹は近ごろまで、芝にある薩摩屋敷の庭にしかなかったそうなんだ。もともと唐から薩摩に伝わったものらしくてね」

「ふうん」

「建物の材になるし筍も美味いってんで、おおかた庭師かなんかが持ち出して、お屋敷の外に植えたんだろうな。おれも筍は前から時どき見かけてたんだが、ここ二、三年で、ずいぶん出回るようになった気がするよ」

「へえ、そうだったの」

　これまで口にしていたものより肉厚で食べられるところが多いのであれば、江戸っ子たちの人気も高くなるだろうとおりよは思う。

「でも、大きいぶん、えぐみがきついのかも知れねえな」

　政吉がそういったとき、

「まあ、お待たせしてすみません。なんだか立て込んじまって……」

　恐縮しきったおたつの声が近づいてきた。

　作兵衛が勘定をすませるあいだ、おりよは母と戸口を出たところで待っていた。

　斜め上のほうで、鳥の鳴き声がしている。

「おっ母さん、軒下に燕(つばめ)の巣があるみたい」

　おりよは鳴き声のほうへ首をめぐらせる。

「ああ、今年もそういう時季なんだね。雛(ひな)の姿は、まだ見えないけど」

　おふさが感慨深そうに応じた。

　店から作兵衛が出てきて、三人は通りを向こうへ渡った。

「あらあら、おりよ。ちょっと待って」

　家の前にきたとき、おふさが戸惑い気味に呼び止めた。着物の肩口あたりに、燕の糞がついているという。

まったくもう、どうしてあたしだけが。

思わず泣きたくなって、おりよは天を仰いだ。

四

台所のおふさが汁に入れる葱(ねぎ)をきらしているというので、おりよがお使いに出た。

四月も半ばにさしかかり、夜なべをするほど忙しかった仕事もひと山越えていた。

土間の駒下駄に足を入れると、おりよは戸口の脇に立てかけてある杖を手にして格子戸を引いた。

通りに出て、しばし耳を澄ませる。どの家も夕餉の支度にとりかかる頃合いであった。右手の三間(けん)ばかり先に子どもたちがかたまって遊んでいる声がするほかは、さほど人通りがあるふうでもない。

おりよは通りをゆっくりと左へ歩きだした。

一膳飯屋のともえ、瀬戸物屋、古着屋、葉茶屋。目が見えていた頃の記憶もあるし、家の前の通りくらいは杖があればひとりで行き来ができる。もっとも、目当ての店へ違えずにたどり着けるようになるには、だいぶ時がかかった。初めのうちは杖を握りしめたまま一歩も足が出なかったことを思えば、少しずつでも前へ進めているのかもしれない。

わずかに酸っぱさが混じる清々しい香りを鼻がとらえると、おりよは左右から近づいてくる足音がないのをたしかめて、通りを向こうへ渡った。

八百寅の店先には、客が幾人かいるようだった。

「ごめんください」

「おう、まいど」

政吉の声が、威勢よく返ってくる。

「葱をくださいな」

「よし、葱だな」

待つほどもなく、おりよの手に葱が三本、ばらばらにならないよう藁縄で束に括られたのが渡された。

「いつもありがとう、政ちゃん」

「こっちこそ、おりよに礼をいわせてくれ。先だっての筍だが、あく抜きをしっかりするように客にひとこと添えるようにしたら、おかげで喜ばれてね」

気をつけて帰れよと送り出されて、おりよは通りを引き返す。

政吉に礼をいわれて、少々いい気持ちになっていた。ともえの軒先では、燕が相変わらずにぎやかに鳴いている。

左脇に葱を抱え、右手で杖をつくおりよの後ろに、若い女たちの話し声が迫ってきた。

「じきに大川の川開きよ。待ち遠しいわ」

「じきって、ひと月も先の話じゃないの」

耳慣れない声だが、いずれも十六、七の娘のようだ。

「ふたりで花火を見に行こうって、あの人に誘われてるんだもの」

「あら、このあいだいってた、あの人かえ。鏡職人の」

「ふふ。何を着ていこうかな」

「いいなあ、あたしにも誘ってくれる人があらわれないかしら」

立ち止まったおりよに気を留めることなく、娘たちが追い越していく。

まぶたの奥がずきずきと痛んで、おりよは動けなかった。花火の季節が、またやってくるのだ。己れを暗闇に閉じ込めた、己れからすべてを奪った、火の塊(かたまり)。

娘の帰りが遅いのを案じたおふさが表をのぞくまで、おりよは杖によりかかるようにして立ちすくんでいた。

大川の川開きは、毎年、五月二十八日と決まっている。今年もその日がやってくることは百も承知しているが、いざそれが近づいてくると、心がざわざわして息苦しくなった。憂うつというより、恐怖に近い。

仕事場で細工をしていても、指先に意識を集めようとするはしから、花火のことが頭にちらついて、手に冷たい汗がにじんでくる。

羽二重生地に汗が移ったりしては台無しだ。汗でぬるつく手を手拭いでぬぐってはつまみ箸を手にし直すのだが、こんどは指がふるえて母が差し出す生地をうまく摑めない。

ある晩、おりよは横になってうとうととしたものの、咽喉の渇きを覚えて起き上がった。

部屋の障子を引いて廊下に出る。台所のほうへ、壁を手探りに伝っていく。

何刻なのか定かではないが、それにしても夜更けである。くまなく闇に覆われていたまぶたの隅に、じんわりした明るみがにじんで、おりよはふと足を止めた。

仕事場と茶の間に挟まれた四畳半の前であった。すぐには使うあてのない生地や糸、もろもろの道具などが、小引き出しが幾つもついた棚にしまってある。障子の向こうに、かすかな物音がする。

「おりよかえ」

音がやんで、母のくぐもった声がひびいた。

「こんな遅くに、どうしたんだい」

「ちょいと水が飲みたくなって、台所に」

「ついていこうか」

「ううん、ひとりで平気。おっ母さんこそ、何をやってるの」

わずかな間をおいて、声が返ってくる。

「夏のうちに着物をほどいて、お父っつぁんの半纏を縫っておこうと思ってね」

なにも家族が寝てから取り掛かることはないじゃないかといいたかったが、母にそうさせている当人は己れだと思い当たって、おりよは別のことを口にした。

「そういえば、雛が孵ったみたいよ。ともえの燕」

そうかい、とおふさがひっそりという。

「水を飲んだら、早くおやすみ」

「おっ母さんも、無理はよしておくれ」

「ああ、きりのいいところでおしまいにするよ」

五

急ぎの注文が入ったのは、五月も二十日ばかりがすぎた頃だった。

神田に稽古場を持つ踊りの師匠が、夏のおさらい会で弟子たちの髪を飾る花簪のあつらえを近江屋に頼みにきたのがひと月前のこと。近江屋では、作兵衛の兄弟子にあたる富蔵（とみぞう）親方に仕事を割り振った。細工はとどこおりなく仕上がり、親方から近江屋へ届けられたのだが、それを踊りの師匠へ納める段になって、店と客との初めのやりとりに行き違いがあったことがわかり、まるで数が足りないのが明らかとなったのだ。

「富蔵さんのとことうちで、足りないぶんを手分けしてこしらえることになった」

近江屋に用があって出掛けていた作兵衛が、家に帰ってきていった。

見本だと差し出された簪を、おりよは小盥（こだらい）の水で手を清めてから触れてみる。

「これは……、ずいぶんと手が込んでるみたいね」

丸つまみと剣つまみが複雑に組み合わさり、五本の下がりの先端には豆鈴も付いている。

「大小の菊と梅を重ねたうえに、色味も少しずつ変えてある」

「で、うちはいくつ仕上げるの」

「三十本。品納めは二十九日だ」

「二十九日って、おまえさん、まさか今月じゃないだろうね。あと十日もないのに、これを三十本も……」

台所で水音をさせていたおふさが、いつのまにかおりよの隣にいた。

「その、まさかだ」

おふさとおりよが言葉を失う。

「無理は承知の上。しかし、近江屋さんが客の信用を失うようなことがあってはならねえ」

自分自身にいい聞かせるように、作兵衛がいう。

「おりよ、おまえは十本こしらえろ。おれが二十本を受け持つ」

「はい、お父っつぁん」

四の五のいってはいられない。おりよはただちに細工にかかった。このごろのおりよは、部材の組み上げまでこなせるようになっている。

菊の花びらは剣つまみを重ねたもので、黄味の濃い山吹色を中心に、外へ向かうにつれ色合いが淡くなっていく。

「おっ母さん、山吹色」

「あいよ」

「梔子色」

「そらきた」

「卵色」

「ほい」

突き出したつまみ箸の先に、絶妙の間合いでおふさが生地を差し出してくれる。前よりも息が合うようになってきた。

川開きの日が少しずつ迫っていたが、おりよは細工を期日に間に合わせることで頭がいっぱいで、雑念が入り込む余地はない。

つまんだ花弁の一片一片を台紙に葺く段では、糊が乾くまでのひととき、手持ち無沙汰になる。朝のうちにまとめてこしらえておいた握り飯を、そうした合間にほお張りつつ、一家は細工を続けた。

寝る時間を削り、一日の大方を仕事場にこもったおかげで、二十七日の夕刻には全体の七割方までこぎつけた。おりよは夕餉がわりの握り飯を食べたあと、下がりに用いる細紐の先端に豆鈴をつけるところまで終えて床に入った。じきに日付が変わる。

明日は下がりを仕上げて花の部材と組み上げれば、明後日の品納めに間に合うはずだ。

あくる朝、おりよが台所へ行くと、ふだんは誰よりも早く起きているおふさの姿がない。

裏の井戸で顔を洗っている作兵衛に訊ねると、四半刻ほど前に作兵衛が起きたときには、いま少し寝かせてくれと眠そうに応えたという。

このところ遅くまで仕事場にいる日が続いていたし、母も疲れているに相違ない。たまにはゆっくりさせてあげようと思い、おりよは棚の下にある米櫃（こめびつ）の蓋を取った。竈（かまど）に火を入れるのは父の手を借りて、米の入った釜をかけると、豆腐と葱の汁をこしらえた。しかし、米の炊ける甘い香りが漂い始めても、おふさは起きてこない。

「おっ母さん、ご飯ができたけど」

寝間に入ったおりよは、すぐに異変を察した。

おふさが床で苦しそうな呼吸をしている。低い呻（うめ）き声も洩れていた。

「お父っつぁん、来て。おっ母さんが……」

寝間に飛び込んできた作兵衛がおふさのただならぬ様子をみて、ただちに医者を呼びに行った。

しばらくして作兵衛に連れてこられた医者は、激しい動悸と息苦しさを訴えるおふさをざっと診ると、お供についてきた見習いの男に薬の処方を指図してから、作兵衛とおりよを廊下へ連れ出した。

「先生、女房はたちの悪い病なんでしょうか」

作兵衛がおろおろと医者に訊ねる。

「心ノ臓が弱っているようじゃが、まあ、命に関わるほどではない」

それを聞いて、おりよはいくらかほっとした。

「病というよりも、日ごろの疲れが出たのではないかのう。夜もあまり眠っておらぬとみえる。ずいぶんと脈が乱れておった」

「ここんとこ、仕事が立て込んでいたんで、そのせいかもしれねえ」

「ふむ。いやしかし、昨日今日の疲れではないぞ」

「といいますと」

「根を詰めすぎたのもあるじゃろうが、何というか、少しずつ積み重なったものに身体がこらえ切れぬようになったとみえる。常に案じ事を抱えていたとか、そういうことはないかえ」

「…………」

「まずは身体と心を休めることじゃ。今しがたの薬で深く眠れるじゃろう。くたびれているほど寝続けるが、疲れを吐き出しておるのじゃ。そう気にすることはない」

おりよたちが部屋にもどると、薬を飲んだおふさは軽い寝息をたてていた。

医者が帰ると、作兵衛は女房の様子をいま一度のぞいてから、茶の間であわただしくご飯と汁をかきこんだ。

「先生もああいいなすったんだ。枕許(まくらもと)で案じてたってどうこうなるものでもねえし、こっちも細工を進めねえとな。ちっとばかり時を食ったが、まだ昼前だ。気合を入れて、遅れを取り返そう」

父にうなずいてみせたものの、おりよは茶碗の半分もご飯を食べることができなかった。医者の言葉が、引っかかっている。母が身体の調子を崩したのはおまえのせいだといわれた気がした。

台所の流しに器と箸を下げて仕事場へ行くと、作兵衛が自分の細工机をおりよの近くに移していた。

「お父っつぁん、何をしているの」

日ごろは、目は届くが手は届かない、そういう少し離れた位置に陣取っているのである。

「下がりの色味はおれが見てやるから、おまえはとにかく手を動かせ」

有無をいわせぬ口ぶりで、作兵衛は追い立てるようにしておりよにつまみ箸を持たせた。

下がりは丸つまみの連なりで、いちばん上の淡い桜色から、豆鈴がついた先端の珊瑚色に向かって、少しずつ色味が深まっていく。

淡い桜色の生地をつまみ始めたものの、おりよはいま一つ調子に乗れなかった。細工に身が入らぬまま、それでも、つまみ箸を動かす。

「お父っつぁん、桜色のつまみは数が揃いました」

「おう、ちょっと待ってな」

返ってきたのは声ばかりで、だいぶ待たされたあとに鴇色の生地が出てくる。文句はいえなかった。どんな職人でも各々の間合いというものがあって、それを乱されると出来上がりの善し悪しにひびきかねない。

おりよは途切れかけた集中の糸を、つまみ箸の先に縒り合わせる。だが、それは容易ではなく、生地を丸くつまんで花弁の形をととのえるには、母がつきっきりで相棒をつとめてくれるときに比べて倍の時がかかった。

腹が空いたといって作兵衛が仕事場を出ていったのは、おりよが鴇色の花弁をつまみ終えた頃だった。昼時になっていたが、食欲はない。

いる。

おりよは腰を上げて寝間をのぞいた。医者がいった通り、おふさはひたすら眠って

障子を閉めようとしたとき、屋根の向こうで乾いた音が弾けるのを聞いた。

五月二十八日——。おりよは今日が川開きの当日であるのをさとった。いまのは合図の昼花火である。

腹ごしらえをすませた作兵衛が、仕事場にもどってきた。おりよもふたたび細工机に向かい、こんどは撫子(なでしこ)色の生地をつまみ始める。

だが、手のひらに汗がじわりと湧き、つまみ箸がぬるぬると滑ってしまう。呼吸も浅くなり、気持ちを手許に集めることができなくなった。

やがて、おりよのつまみ箸は、まるきり動きを止めた。

「なんだ、ちっとも進んでねえじゃねえか」

作兵衛がいぶかしそうな声をよこす。

「できない」

力なくつぶやいて、おりよはつまみ箸をゆっくりと下ろした。

「やっぱり、目がこんなじゃ駄目なんだわ。どんなに精を出したところで、見える人ほど早くつまめやしないし、おっ母さんにも無理をさせちまった」

「おい、おりよ」

「いまだって、お父っつぁんの手をいちいち止めさせないといけないじゃないの。目が見えないのに一人前の働きができるようになりたいなんて、土台無茶な話なのよ」

「ばかやろうっ」

作兵衛がさえぎる。

おりよは構わず続けた。

「あたしなんかにつき合ってないで、お父っつぁんひとりで一気呵成に手を動かしたほうが、結局は早く仕上がるんだわ」

口にしながら、鼻の奥が痛くなる。

「甘えたことをいってねえで、つまむんだ。ほら」

腕を揺さぶられたが、おりよはつまみ箸を手にする気にはなれなかった。

作兵衛の舌打ちがひびく。

まぶたに茫漠と広がる闇を、おりよは暗い気持ちで見つめた。

六

「ごめんください」

表口で、女の声がする。

作兵衛に出ていく気配がないので、おりよが腰を上げた。

戸口に立っていたのは、ともえのおたつであった。

「さっき医者がきてたみたいだけど、誰か具合がよくないのかい」

「母が……。でも、たいしたことはないんです。お医者もそういってましたし」

「そうかい、それならいいんだけど」

おたつは、南瓜(かぼちゃ)を余分に煮付けたといっておりよの手に深鉢を押しつけると、そそくさと帰っていった。

深鉢を抱えて奥へ引っ込もうと廊下を進むと、仕事場の入り口で、おりよの足が何かにつまずいた。

かたんという音とともに、つま先に鈍い衝撃がはしる。おりよは思わずしゃがみ込んだ。

「大丈夫か」

作兵衛が手を止め、立ち上がって近づいてくる。おりよのかたわらで腰をかがめると、足許にあるものをのぞき込み、いぶかしそうにつぶやいた。

「おい、なんで重箱がこんなとこにあるんだ」

そういって、何やらごとごとやっている。

「おふさのやつ……」

口を開いたと思ったら、また黙ってしまった。

「ねえ、重箱がどうしたの」

作兵衛がおりよの手をとり、重の一つ一つに導きながら教えてくれる。

三段組みの重箱に厚紙で細かく仕切りをもうけ、そこに羽二重生地が収められているのだった。一の重は赤と青、二の重は黄と緑、三の重は白と黒というふうにおおまかに色分けされていて、さらに赤は桜色、鴇色、撫子色という具合に、向こうから手前にかけて色合いが淡いものから順に濃くなるよう仕分けられている。

つまり、あらかじめ色の並び順を頭に入れておけば、おりよがひとりで細工をするのも容易になる寸法だ。

おりよの脳裡に、水を飲みに起きた晩のことがよみがえる。

「お父っつぁん、そのへんに縫いかけの半纏があるかえ」

「へ、何だって。半纏なんか見当たらねえよ」

おりよのまぶたの奥が熱くなった。着物の膝を摑んで、顔を上げる。

「お父っつぁん、赤い生地がどんなふうに並んでいるか、詳しく教えてください」

やれやれというふうに息を吐いて、作兵衛が応じた。

「教えてほしいなら、とっとと細工机につけ」

道具を手にしたおりよは、一心不乱に生地をつまんだ。

下がりの数が揃うと、先にこしらえてあった菊や梅と合わせて組み上げていった。全体の釣り合いをはかりつつ形をととのえていく、ここが職人の、一番の腕の見せどころである。

目に像を映すことのかなわぬおりよは、耳を、鼻を、口をもひっくるめて、全身まるごとで組み上げていくほかない。

組み上がったものに簪の脚をつけると出来上がりだ。仕上がった簪は、下がりが絡まらないよう宙に枝垂れさせて、台に並べていく。

ドンと大きな音が腹に轟いたのは、仕上がった簪の三本目をおりよが台に載せたときだった。小刻みな震動が畳から尻に伝わってきて、初めは地震かと思った。

パッ。何かが破裂するような、乾いた音。

ドン、ドン。

ふたたび音が畳みかけてきて、川開きの花火が打ち揚がり始めたのだと気がつく。

シャラシャラ、シャラシャラ。

わずかに遅れて、羽衣の衣擦れのような、透きとおったひびきが耳を撫でる。簪の下がりに付いた豆鈴が、空気を伝わるふるえに呼応して鳴っているのだ。

ドン。重く腹にひびいて、
パッ。鼻の頭を軽くかすめて、
シャラ、シャラ、シャラ。まつ毛の先を流れていく。

音と震動が織りなす花火は、まったく新しい弦歌に接しているような興趣をおりよに抱かせた。家の中にいるのに、夜空に咲く光の花が見える。魂のふるえが、さざ波のように外へと広がっていく。

しばしのあいだ我を忘れて、おりよは何ともいえぬ愉悦に身をゆだねた。

花火を恐れる気持ちは、いつしか薄らいでいる。

七

翌日の昼すぎ、おりよは出来上がった簪を届けるために、作兵衛とともに家を出た。おふさが寝込んだので、おりよが同行するほかない。

そのおふさは、明け方に目を覚まして粥を茶碗に二杯ばかり食べたものの、またとろとろと眠りについた。

つまみ細工の簪は、ふんわりした形が潰れぬように余裕を持たせた桐箱に収めるので、数がまとまるとそれなりに嵩が張る。十箱ずつ風呂敷に包んだのを、作兵衛が両手にひとつずつ、おりよが背中にひとつ括りつけて近江屋を訪ねた。

わずかにひんやりする土間に入ると、店座敷にいた手代が框まで出てきて、おりよたちを奥へ通してくれた。

「あいにく主人が寄り合いに出ておりまして、若旦那さまがお会いになるそうです」

客用の座布団を出した手代は、そういって部屋を下がった。ほどなく、女中が入ってきて、ふたりの前に茶の入った湯呑みを置いていく。

正直いって、近江屋を訪ねるのは気が重かった。新之助はむろん、舅姑となるはずだった主人夫婦に食膳をよばれたこともあるし、店の奉公人たちも、おりよを職人というよりいずれ嫁に入る人とわきまえて振る舞っていた。何事もなかった顔をして、今さらのこのこと出入りできるものかという気持ちがおりよにはある。

だが、先に作兵衛がいったように、問屋と職人のつながりは断てるものではないし、いつまでも殻に閉じこもっているわけにもいかない。それに、今日という折を逃したら、この先もずっと背を向け続けることになりそうな気がする。

そうはいっても、新之助を待つあいだ、おりよはずっと胸がどきどきしていた。出された茶もこぼしてしまいそうで、湯吞みに手をつけられない。

やがて障子が引かれて、新之助が部屋に入ってきた。

「おりよさん、息災にしていたかい」

向かいに腰を下ろした新之助が、穏やかな口調で訊ねかける。

「はい、おかげさまで」

畳に手をついて応じながら、おりよは自分の声が思いのほか平静であるのに軽い驚きを覚えていた。

「作兵衛親方、あいすまないが、お父っつぁんが外に出ているので私が品をあらためさせてもらいますよ」

「へい、どうぞ。こちらです」

作兵衛が腰を浮かせると、風呂敷包みを三つ、新之助の前に置いて結び目をほどき始めた。

桐箱の蓋をとる音が、耳に届く。

「ほう、いずれも見事な仕上がりだ」

新之助の声が、一段高くなった。

「つまみの一つずつに神経が細やかにゆき届いて、どこから見てもうつくしい。これなら、お客さまもきっと喜んでくださいます」

「ありがとう存じます」

父のほっとした声に合わせて、おりよも頭を下げる。

「こたびはこちらの手違いで、作兵衛親方と富蔵親方にはとんだ厄介をかけてしまいました。富蔵親方に追加でこしらえてもらった簪も、昼前に届いたんですが、上々の仕上がりでしてね。おかげで近江屋の看板に傷をつけずにすむと、お父っつぁんが申していました。まことに、何とお礼をいっていいやら……。この通り、恩に着ます」

「わ、若旦那。お手をお上げくだせえ」

作兵衛がへどもどしている。

「こういうことは、お互い持ちつ持たれつってやつですんで」

「親方にそういってもらえると、いくらか気が楽になります」

支えのとれた口ぶりで新之助がいって、それにしても、と先を続ける。

「これと、これ。それから、これも……」

新之助が、桐箱の位置を入れ替えているようだ。

「こっちに分けたのは親方、そっちに分けたのはおりよさんがこしらえた品ではありませんか」

「ほう、こいつは恐れ入りました。若旦那にはおわかりになりますんで」

作兵衛が口をすぼめている。

「お父っつぁん。そりゃ、そうよ。お父っつぁんとあたしとじゃ、年季の入りようが違うんだもの」

負け惜しみでもなんでもなく、おりよは心から思ったそのままを口にした。いや、悔しい気持ちも、ちょっとは混じっている。

「おりよさん、そういう意味じゃないんだ。おりよさんの細工には、奥行きがあってね。こう、構えがゆったりとして……。どうもうまくいえないんだが」

「若旦那、じつはあっしも同じように思っておりまして」

作兵衛が言葉を添える。

おりよは首をかしげた。

「あたしはただ、目が見えないから、耳とか鼻とか総がかりで、必死で」

「ああ、そうか、だからだよ。とにかく、前とは趣きが変わった。ふつうでは出せない味わいを感じるんだ。こういう細工が出来るのは、おりよさんだけじゃないのかな」

「あたしだけ……」

新之助の言葉を、おりよはしみじみと嚙みしめる。

湯吞みに手を伸ばして茶を飲むと、爽やかな香りに包まれた。

近江屋からの帰り道、おりよは杖を前に出しながら、隣を歩く作兵衛にいった。

「お父っつぁん、あたし、わかったことがあるの」

「へえ、何だ」

「新之助さんの気持ちが離れたのは、あたしの目がこんなふうになったからじゃないってこと」

「ん、そうか」

素っ気なく、それでいて慈しむような声が返ってきた。

空の高いところで、燕がほがらかにさえずっている。

おりよは歩みを早めた。
そろそろ、おふさが目覚める頃である。

解説

細谷正充

「逢(あ)うは別れの始め」という諺(ことわざ)がある。出会った人とは、いつか必ず別れなければならないという意味である。『平家物語』に出てくる、「生者必滅(しょうじゃひつめつ)、会者定離(えしゃじょうり)は浮世の習い」の〝会者定離〟も、同じような意味だ。また、英語にも、「別れのない出会いはない」「一番の親友であろうとも必ず別れが訪れる」という言い回しがある。このような認識は、時代も国も問わないようだ。つまり人生の真理といっていい。

本書は、その〝別れ〟をテーマにした、時代小説アンソロジーだ。朝日文庫で何冊かのアンソロジーを編んでいるが、今回は既刊本と違う特色がある。すべて女性作家の作品になっているのだ。特に意識したわけではないが、結果的にこうなった。それだけ女性作家の方が、このテーマを好んで取り上げているのかもしれない。もちろん、テーマに沿った物語を選んだが、バラエティに富んだ内容にしたつもりである。さまざまな別れの物語を楽しんでいただきたい。

「ひってん」朝井まかて

「生業無し、金無し」で、その日暮らしをしている寅次と卯吉。ある日、訳ありの櫛職人を拾ったふたりは、櫛を百個貰った。それを売るうちに卯吉は、商売の面白さに目覚めていく。しかし寅次は櫛がなくなると、いつもの自堕落な生活に戻るのだった。そしてふたりの道は離れていく。

ふとしたことが切っかけになり、親友と別れてしまう。このような体験をした人も、少なくないだろう。本作は、その別れに至る経緯を、変わる卯吉と変わらない寅次を通じて、鮮やかに表現している。さまざまな人の話に耳を傾け、商売にのめり込んでいく卯吉の描写は、成長物語のような気持ちよさがあった。

しかし本作は、それだけで終わらない。歳月を経た卯吉が、過去を振り返る場面を入れているのだ。寅次と訣別してからの、自分の生き方に悔いはない。だが、それでも一抹の苦さがある。この苦さが、ストーリーにコクを与えているのだ。トップを飾るに相応しい名作である。

「三途の川」折口真喜子

浅草川に浮かぶ島——日本橋の箱崎。そこに船宿「若狭屋」がある。女主人のお涼は、元来の性質なのか、それともいろいろなモノが流れ集まる場所のせいなのか、なにかと不思議なことに巻き込まれる。本作は、この「日本橋船宿あやかし話」シリーズの一篇だ。

いきなり「若狭屋」を訪ねてきた、六、七歳の竹丸（たけまる）という男の子。彼は「若狭屋」の噂を聞きかじり、彼岸へ向かっている兄に、三途の川を渡る前に戻ってもらうよう頼むため、やってきたのだ。竹丸の話に困惑するお涼だが、とりあえず父の甚八（じんぱち）に舟を出してもらう。

別れの最たるものは死別である。幾つになっても家族の死は悲しいものである。ましてや子供の頃では、ショックも計り知れない。それが分かっているからこそ、お涼や甚八は竹丸を舟に乗せた。その後の展開は、いわゆるジェントル・ゴースト・ストーリーといっていいだろう。兄を慕う弟。亡者となりながら、弟を慈しむ兄。折口作品らしい、しみじみと良い話なのである。

「染井の桜」木内　昇

桜の中でも有名なソメイヨシノ（染井吉野）は、江戸後期の染井村の植木職人が「吉野桜」として売り出し、明治になって全国に広がったそうだ。ソメイヨシノという品種が、どのように生まれたかは諸説あるようだが、本作では徳蔵という植木職人が、五年の歳月をかけて造ったことになっている。

あるとき突然、武士の身分を捨てて植木職人になった徳蔵。昔から草木にのめり込んでおり、優れた職人として認められるようになる。それと反比例するように妻のお慶は、長屋の連中と馴染まず、一日中壁に向いて針仕事をしていた。苦心の末に、変わり桜を造った徳蔵だが、その秋口にお慶が死去。お慶の針仕事の道具を、いつまでもそのままにしている徳蔵に仲間たちは、もう忘れた方がいいというのだが……。

夫婦の機微は、他人には分からない。いきなり役人を辞めてしまった徳蔵を、お慶はどう見ていたのか。お慶を失った徳蔵が、なにを思っていたのか。作者は、ふたりの内面に深く踏み込むことなく、断片的な情報を読者に知らせるだけである。だが、だからこそ本作は面白い。仲間たちの言葉に徳蔵が見せた一瞬の激情を、あれこれと考えてしまい、いつまでも本作のことが忘れられないのだ。

「橋を渡って」北原亞以子

干鰯問屋「日高屋」に嫁いで十七年。おりきと夫の佐十郎の間には、隙間風が吹いていた。夫の愚痴を弟に話そうと実家に行ったものの、反りの合わない義妹のおなみしか居らず、くさくさした気持ちで帰ろうとするおりき。しかし橋を渡ったところで、仕事で木更津に行っているはずの佐十郎が、鼈甲(べっこう)の細工職人の娘と一緒にいる姿を目撃する。

本作はおりきが、夫に見切りをつけ、「日高屋」を飛び出すまでの物語である。北原作品はどれもそうだが、物語の組み立てが実に巧み。佐十郎が土産だと買ってきた貝殻細工の箱や、自分の夫の浮気に怒ったおなみの言葉が、おりきの行動を後押しする。そして、おりきの心情を的確に捉えた、ラストの一行に痺(しび)れるのだ。

なお、本作が収録された『その夜の雪』(新潮文庫版)で解説を担当している佐藤愛子は、本作の語り口を、

「登場人物を殊更(ことさら)に説明するのではなく、さりげなく動かしながらいつか読者の中にしっかり定着させている手腕は北原さん独特のものである」

と、称揚している。私も同じ意見だ。作者ならではの手腕を堪能(たんのう)していただきたい。

「十市と赤」西條奈加

猫を題材にした小説は無数にあるが、作者の連作集『猫の傀儡(くぐつ)』は、ひときわユニークだ。なにしろ主人公の野良猫ミスジは、人を遣い、人を操り、猫のために働かせ

る〝傀儡師〟なのである。いきなり本作から読むと、面食らう読者もいるかもしれないが、そのような設定の作品だとご理解いただきたい。

そして肝心の物語だが、ミステリーといっていいだろう。鍛冶っ原と呼ばれる空き地にいる老猫・赤爺に、毎日餌を運んでいた十市という男が、傷害事件の下手人として捕まった。だが、誰かに嵌められたらしい。赤爺もこの件に利用されたこともあり、野良仲間だったデンに頼まれたミスジは、さっそく動き出す。

ミスジが傀儡である人間を、いかに使うのか。事件の真相は何かなど、本作には複数の読みどころがある。その中で最大のものは、十市と赤爺の関係だろう。猫は人間より寿命が短い。多くの場合、人間が猫を見送ることになる。我が家も猫を飼っているので、ラストの切ない別れのシーンを読み、いつか来るその日を思わずにはいられなかった。

「闇に咲く」志川節子
作者には、花火をモチーフにしながら、江戸時代の庶民の哀歓を描いた短篇集『煌』がある。その中から、この作品をチョイスした。主人公のおりよは、〝つまみ細工〟と呼ばれる簪を作る職人の娘。自身も職人を目指し、簪の納め先「近江屋」の若旦那・新之助（しんのすけ）との祝言を待ってもらっていた。しかし職人として一本立ちできると太鼓判を押された矢先、花火の破片が目に入って失明してしまう。それでも新之助との関係は変わらなかったが、一年後、彼の口から縁談を白紙に戻してほしいと告げられる。目が見えなくなり、新之助と夫婦になる未来まで消えたおりよ。作者は、悩み苦しむ彼女の心に寄り添いながら、ストーリーを進めていく。こう書くと、暗い話だと思うかもしれないが、そんなことはない。無神経なようで娘のことを、きちんと見ている父親。倒れるほどの心痛を抱えながら、娘のために仕事の工夫をする母親。両親に守られたおりよは、やがて失ったからこそ得たものがあることに気づくのだ。また新之助を単なる悪人にしなかった、キャラクター造形も光っている。珠玉といいたくなる作品だ。

ある程度の年齢の人なら、必ず何らかの〝別れ〟を体験している。だから、ここに収められた作品が胸に響くだろう。選び抜いた六篇、どうか味読熟読してほしい。編者として願うのは、ただそれのみである。

（ほそや　まさみつ／文芸評論家）

底本

朝井まかて「ひってん」（『福袋』講談社文庫）

折口真喜子「三途の川」（『おっかなの晩 日本橋船宿あやかし話』創元推理文庫）

木内 昇「染井の桜」（『茗荷谷の猫』文春文庫）

北原亞以子「橋を渡って」（『その夜の雪』講談社文庫）

西條奈加「十市と赤」（『猫の傀儡』光文社文庫）

志川節子「闇に咲く」（『煌』徳間文庫）

朝日文庫時代小説アンソロジー
わかれ

朝日文庫

2022年3月30日　第1刷発行
2022年4月30日　第2刷発行

編　　著　細谷正充
著　　者　朝井まかて　折口真喜子　木内 昇
　　　　　北原亞以子　西條奈加　志川節子

発 行 者　三 宮 博 信
発 行 所　朝日新聞出版
　　　　　〒104-8011　東京都中央区築地5-3-2
　　　　　電話　03-5541-8832（編集）
　　　　　　　　03-5540-7793（販売）
印刷製本　大日本印刷株式会社

ISBN978-4-02-265034-4